U0827142

MALAGASH

与父亲的最后道别

［加］乔伊·科穆 著　温迪安 译

百花洲文艺出版社
BAIHUAZHOU LITERATURE AND ART PRESS

图书在版编目(CIP)数据
与父亲的最后道别 /(加)乔伊·科穆著;温迪安译.—南昌:百花洲文艺出版社,2018.6
ISBN 978-7-5500-2862-3

Ⅰ.①与… Ⅱ.①乔… ②温… Ⅲ.①长篇小说—加拿大—现代 Ⅳ.① I711.45

中国版本图书馆 CIP数据核字(2018)第 118967号

江西省版权局著作权合同登记号:14-2018-0091
MALAGASH
by Joey Comeau
Copyright © Joey Comeau, 2017
Published by arrangement with ECW Press, Inc. c/o Nordlyset Literary Agency
through Bardon-Chinese Media Agency
Simplified Chinese translation copyright © 2018
by Beijing HongTaiHengXin Culture Communication Co., LTD
ALL RIGHTS RESERVED

出 版 者 百花洲文艺出版社
社　　址 江西省南昌市红谷滩世贸路 898号博能中心 A座 20楼　邮编:330038
电　　话 0791-86895108(发行热线) 0791-86894790(编辑热线)
网　　址 http://www.bhzwy.com
E-mail bhzwy0791@163.com

书　　名 与父亲的最后道别
作　　者 (加)乔伊·科穆
译　　者 温迪安
出 版 人 姚雪雪
出 品 人 连　慧
责任编辑 胡艳辉　陈　园
策划编辑 王　萌
封面设计 仙境书品
经　　销 全国新华书店
印　　刷 三河市春园印刷有限公司
开　　本 889mm × 1194mm　1/32
印　　张 6.5
字　　数 80千字
版　　次 2018年 7月第 1版
印　　次 2018年 7月第 1次印刷
书　　号 ISBN 978-7-5500-2862-3
定　　价 36.00 元

赣版权登字:05-2018-256
版权所有 侵权必究
图书若有印装错误可向承印厂调换

献给我的母亲凯伦·拜尔斯

< 1 >

“沉痛终将消散，叶落亦会归根，

洁白的新雪终会覆盖整个寂静的小镇。”

>_

“沉痛终将消散。”父亲手中拿着一大杯碎冰，不停地摇来晃去，好让它们加速融化。“沉痛终将消散。”他说。

他已经厌倦了一次又一次地用那种令人安心的声音说“我知道”。“我知道，桑德，我知道。”所以他找到了一种新的表达方式。“沉痛终将消散，叶落亦会归根，洁白的新雪终会覆盖整个寂静的小镇。”

“真有诗意。”我对他说。

他又晃了晃杯子。

“桑德，你是我的女儿。”他说着，向我伸出手，我伸手将它握住，“你是我的女儿，却要在最后一天来临时以这样的方式学会这个艰难而又简单的道理，这让我的心都要碎了。”

他脸上的表情十分严肃，这是父亲的一种特殊的微笑方式。他停顿了一下，像是想要在肚子里搜刮出恰当的词句。当然，他并没有真的在思考。对我父亲来说，没有什么比戏弄我来得更容易了。

“事实上，我们每一个人都将变得苍老而孱弱，桑德。我们每一个人，都将在我们的生命走入冬季时陷入沉眠。”他歪了歪手中的杯子，“给那些即将在春天出生的臭鼬宝宝和容易激动的小豪猪们让地方。”此时的他正穿着一件轻薄的睡衣，躺在医院里的病床上，脸上的表情一本正经。他觉得他自己很有趣，“他们会从霜冻中探出头来，现在是他们的时代了，我亲爱的女儿。现在是他们在阳光下肆意奔跑的时候了。”说完，他像电视里演的那样紧紧地握住了我的手。

“非常有诗意。”我再次对他说。

“这话你刚才已经说过了。”父亲说。

“我现在说的是‘非常’有诗意。”

每天都说同样的话，这是我的错。我不想让你死去。我不想让你死去。

“大雪会覆盖整个小镇。”他郑重地说道。

“七月中旬的雪？”我说道，“哇哦，这是一个比喻吗？”

“有时冬天会来得比我们希望的早一些。”父亲说道，“有时天空——”

“够了，别再对我说——”我猛然停住。这真让人恼怒，而这恼怒却正是我父亲的目的。父亲因为我猛然顿住的尾音微微笑了起来，从融化的碎冰中啜了一口。又一次，我意识到自己在反对死亡本身，就像一个倔强的孩子，像一个小女孩儿一样。我不想要沉痛消散。我不想要落叶归根。

不管父亲的论点有多蠢，他的隐喻是多么的老套，他都注定是赢的那个人。癌细胞已经扩散到了他的全身。再有两周，也可能是一个月，我们就将走到这条弯弯曲曲的小路的尽头，他也就证明了我是错的。沉痛终将消散，叶落亦会归根，洁白的新雪终会覆盖整个愚蠢的小镇。

>_

我一直以为马拉科什[1]会是一个小镇，但事实并非如此。它只是一条非常长的围绕在新斯科舍北岸的红色马路。田里有一台拖拉机，还有一辆很脏的自行车靠在一个棚子上。我们路过一群看起来很无聊的美洲驼。大西洋的海浪时不时地涌到我们的旁边，随后又偷偷溜走。

① Malagash，位于加拿大新斯科舍省坎伯兰县，是一个分散的社区。

坐在副驾驶座上，我又把手机拿了出来。这个玻璃和金属的结合体曾经是我的手机，不过现在，我也没剩下什么人可联系了。这也许是一种解脱，因为我已经没有精力再假装一切都好了，一个人只能忍受那么多的悲痛。只有在不想错过时，你才会意识到自己究竟错过了多少东西。

我用我的手机记录我的母亲。车辆压过坑坑洼洼的路面时发出“锵锵”的声音，摇摇欲坠的农舍在视频中一闪而过。流浪的人独自哼着歌。道路旁的树木很快被甩在身后。当我们第一次开车穿过父亲的家乡时，它记录了它所能记录的一切。小房子的间距是为了保护隐私，每一间都独占着一片美丽的海景。那里有一间老旧的杂货店，旁边挂着一个看起来像是马上就要罢工的霓虹灯牌子，上面写着“披萨”。

我母亲的声音在空荡的泥地里回响，泥浆一直延伸到灰绿色的海洋里。

“社区只是一种体面的称呼。”她说，“这里应该被称为住满了人的大象的墓地。”她的声音里带着笑意，就像她每次捉弄我们时那样。这里对她来说就像家一样。虽然西蒙和我都没来过这，母亲和父亲却几乎在这里度过了一生。在我和西蒙出生之前，他们一直一起生活在这里。举起手机对着窗户，我记录一切能被记录下来的东西。再往前走有一座教堂、一个葡萄园、一座废弃的盐矿，然后是一个圣经营地[①]，还有一个曾经供龙虾渔民出海用的码头。也许现在仍然有渔民从这里出海？另一个码头。又一个。那些码头看起来都像是被弃用了。教堂的两边分别有一块真正的墓地。“埋在这里的人，有些可能一辈子都没走出过这里。”当我们经过时，母亲说道。

母亲一路上细数着回忆：

“这条路是他们就地取材用红土铺的，看，那些泥土多红啊。”

“退潮的时候，你可以一直往下走，直到海浪达到你的腰那里。”

---

① 马拉科什圣经营，位于马拉科什，是一个不限于同一教派的基督教营地。

“那些小屋是你们爸爸的伊迪阿姨和哈里叔叔的。虽然是紧紧挨着的，却并不相连，门挨着门，是不是很完美？它们挽救了他们的婚姻。”

其实根本没有必要说服我们搬到这里来。我们并没有争辩，也没有哭闹。我们的父亲想回到新斯科舍，回到他的母亲身边，想要在他的童年记忆中死去，而我们想待在父亲的身边。这个问题非常简单。只要能和他在一起，带我们去哪里都行。这对其余的人来说是一种解脱。我们所需的一切都在这里了，我们的衣服，西蒙的拼图玩具，还有我的电脑。我想，我们不会永远留在这里，只是在这里度过父亲的余生。

>_

我用我的手机记录父亲的声音。不过只是录音，不是录像。我无法忍受他日渐消瘦的手臂和他苍白的皮肤。我之所以录下他的声音，是因为他的声音听起来还是正常的，听起来仍然像是我的那个健康的父亲，而我想要记住的是那样的他。

每一次前往医院探望我都会录音。我录下他的玩笑和笑声，他接受死亡的平静态度，他说的那些双关语，还有他说到我那个小不点儿的弟弟、妈妈或是我时声音里的干涩。我从来没有像听这些录音那样认真地听任何声音。我将音调的起伏和引起每一个小小的转音的原因都一一铭记，我们说的每一件愚蠢的小事都变得那么的有意义。

有时我只是把手机握在手中，有时我会把它放在桌子上，或者放在床上，就在他的旁边，所以录音的音质各不相同。当我在家里听的时候，这会让他的声音感觉很遥远，就像是从厚重的窗帘后面传来似的。但这只是因为他还活着。当他离去后，这些录音听起来就会有宛如在耳边响起的感觉了。

我录下了一切，然后把所有的东西复制到一台笔记本电脑上。我给它喷上了金色的油漆，然后在它的盖子上模印了一个老式的白色十字架。不过我对宗教的东西一无所知，这么做也与宗教无关。

我对这些录音都进行了彻底的整理，但这是一个十分困难的过程。我把它们分成了短语和句子，每段录音都被分成了好几部分。有时只是单个的单词或声音，有时只是一声笑。那么多不同种类的笑声，我全都记录了下来。

quick_laugh.wav

sharp_final_laugh.wav

long_rolling_laughter.wav

longer_laugh_together_mom.wav

sad_laugh.wav

unexpected_laugh.wav

laugh_for_me.wav

短促的笑声.wav

句子末尾急促的笑声.wav

捧腹大笑.wav

和妈妈一起大笑.wav

悲伤的笑声.wav

意外的笑声.wav

因为我而发出的笑声.wav

但最重要的是父亲的声音，他所说的话。

poetic.wav

youre_my_daughter.wav

sunday.wav

sunday_sunday_sunday_monster_truck.wav

birds_and_bees.wav

sleepy_town_blanket.wav

handsome_old.wav

chickens.wav

a_leaf.wav

念诗.wav

你是我的女儿.wav

桑德.wav

桑德桑德桑德怪物卡车.wav

鸟儿和蜜蜂.wav

覆盖寂静的小镇.wav

老而英俊.wav

鸡.wav

落叶.wav

“沉痛终将消散。”他说，“落叶亦会归根。”我正在收集父亲的话，“洁白的新雪终会覆盖整个寂静的小镇。”

我为这一切建立了一个数据库，每个文件都在数据库中拥有一个提取端口。每个文件名都与一个内容转录和一段我试图用来描述上下文的文本字段相关联。但这还不够。所以我又加上了用以描述内容、语调和面部表情的文本字段。有太多的东西需要被记住，困惑、伪装的恼怒以及隐喻，然而现在，这些只是一堆没用而又混乱的数据。

晚上，我会在睡前无意义地循环播放他的声音，就像听一个睡前故事，听一首摇篮曲。

>_

我们的房间里充满了花，它们顺着墙纸一直蔓延到天花板上。它们被刻在了门框上，又被画在书架前的小椅子上。整个房间给人一种迷失在旧时光中的奇怪的感觉，就像一张旧照片。

我和小不点儿睡上下铺。他比较喜欢下铺，怕自己在睡着的时候掉下去。不过无所谓，我并不介意睡上铺。当我待在上面的时候，会产生一种与屋里的其他事物相隔绝的感觉，这让我觉得更加的隐秘和自在。而且，我并不在乎自己是否会掉下去。

如果可以选择，我更倾向于拥有一张真正的床和属于我自己的房间。尽管这一层里还有另外两间卧室，但它们并不是为我们准备的。其中一间属于我们即将到来的叔叔们，另外一间则住着我们的母亲。这一间才是为我们准备的。

不过，我对于这张双层床来说有点儿太大了。我的脚只能抵在踏板上，而且这里连放一台电脑的地方都没有，更别说三台了。这是个问题。所以我清理了壁橱，把它变成了我的私人领地。虽然壁橱的门并不隔音，但好在里面很黑，而且足够私密，我甚至有点儿喜欢自己为了适应这个小空间只能蜷起腿抱住膝盖这一点。所以现在，当我的弟弟在睡觉的时候，我就蜷缩在机器前上传我父亲的声音，在数据库中创建新的条目。

“早上好，桑德。”他说道，“飞机旅途怎么样？”

“你在那台机器上跟谁打字呢？是个男孩儿吗？他会讲冷笑话吗？”

“为什么那只猫从不来看我？她生我的气了吗？”

“你真是太棒了，桑德。”他的声音安静而严肃。

对于他呼唤我的名字的那些录音，我设定了一个特别的标签。还有那些他用不同的语气说他爱我的录音，有时十分严肃，有时又夹杂着开心的笑意。

```
update recordings_db
set tone = ‘laughing happily’
where filename = wonderful.wav
```

录音上传

语气=“开心地笑着”

文件名=太棒了.wav

“别告诉你妈妈或者西蒙，比起他们两个，我更爱你。”他说。

```
update recording_db
set tone = 'dead serious'
where filename = loves_me_most.wav
```

录音上传

语气="非常严肃"

文件名=最爱我.wav

壁橱壁纸上的小花在电脑发出的荧光中微微闪烁着。

>_

在我祖母家的对面有一间废弃的农舍。它的木头泛白，右边的屋顶整个塌了下去，就像被什么东西撞到了似的。那间房子并不给人带来绝望的感觉。它既没有挣扎，也没有试图反抗自己的倾塌。它只是像一头走了很远的大象一样，再也走不动了。那动物外壳上的每一条痕迹，都显示出它活得有多么长久，都是它荣获的勋章。

天色渐渐暗了下来，天空是唯一还能看清的东西。

我一直坐在这里看着它。我想要触摸那间老房子，把我的手放在它的上面，感觉其中吱吱作响的巨大而又空荡荡的肺。但当我站起来想要走到那里时，蔓延的黑暗阻止了我前进的脚步。天空的颜色依稀可辨，星星也已经开始显现，但祖母家车道的地面和旁边的灌木丛却已经看不见了，消失在了黑暗中。那间摇摇欲坠的旧农舍在星星的映照下只剩下了一个轮廓。那不会是一种糟糕的死亡方式，在一块土地上跌跌撞撞，最终倾倒在地，然后平静地接受死亡，让自己的身躯成为墓碑。挣扎和反抗都是幼稚的，一如倾尽全力想要永远活着的人。我能看到我的父亲站在那片田野里，平静而安宁。我才是那个还在挣扎的人。我才是那个希望他永远活着的人。

“桑德，亲爱的，你在外面吗？”祖母在我身后橘色的暖光中叫着我，“桑德，你想要多少土豆沙拉？”另一顿晚餐。餐具在印花的盘子上发出不断的咔哒声。

我看着那间房子，它是那么的安静和欣慰。如果世上真的存在某种称得上美好的死亡方式，那么这就是了。在不可避免的情况下，死得优雅而从容。

那几乎感觉是一种馈赠。然而美好和安慰并不是为了我们自己。死亡当然会来临，也没有所谓的美好的死亡方式，更没有平和。沉痛不会散去，落叶也不会归根，但我们会假装如此。

>_

有时，我会通过倾听父亲的声音让自己冷静下来，但那并不是我为他录音的原因。

我记录他的声音是因为我在编写一个电脑病毒，一个以我的父亲的声音为基础的电脑病毒，包括他的玩笑和他的笑声，还有他说的那些故事。病毒将传播到世界各地，它将永远生活在陌生人的硬盘上。它会隐藏在一切之下，在黑暗中悄悄地重复父亲说过的话，重复我记录下来的每一个字。它不会真的发出他的声音，也不会用他真实的声音说话。一部分原因是声音文件太大，无法被包含在病毒本身之中；另一部分原因，则是它若想要生存，就不能被别人听到，不能被察觉到。所以病毒会为他说话，它会把它们复制到内存中，进入长期未使用的存储空间，就像一个空房子里的回声。它就像写在相框里的旧照片后面的字，就像一个幽灵。

虽然过大的录音文件不能全都被装入病毒，但他的声音十分重要。所以我拆了开源语音识别软件的源代码，将它设置为分析三层关联文件的模式，对其进行匹配和对比。我把那些笑声、玩笑、平静的提问以及干巴巴的评价等一切都输入进去，软件运行过后会给我一串短数字。这只是指纹的一小部分，一个模式。然后，我再将这个模式融入病毒的源代码。虽然这不是绝对必要的，但对我来说却是十分重要。

他的笑声成了病毒用来识别自己的模式的一部分，成了病毒用来变异和隐藏的密码的一部分，用以避免杀毒软件通过引用我父亲的纯文本文件来搜寻它。无论我在哪里使用它，这种模式都会降低病毒行为的随机性，这样，它就会根据这个数字做出反应，而不是伪随机地选择在受感染的系统上做出某种更改。当然不是在所有的情况下都是这样。但在某些地方，某些时刻，病毒会做它想做的事情，而不是像抛硬币那样随机发生变化。它将成为它自己。

这不是取得相同效果的最有效的方法，也不是最聪明的方法。

但在感觉上，这是正确的方法。

>_

我的父亲不知道病毒的事。即使我告诉他，他也不会明白的。也许他能明白这其中的缘由，但这个缘由就是我每天都在告诉他的话。我不想要我的父亲死去。他知道。每一天，他都知道。

母亲才是家里的程序设计员，不是父亲。每当我赢得程序编写比赛时，父亲都会感到十分的自豪，但当我们的谈话变得太过学术时，他就会坐在一旁静静地微笑。他从来没有掌握过使用计算机的诀窍，从来都不明白它的重点在哪里。“看，它的外壳多漂亮。”这是他说的原话，即使在最难过的那些日子里也是如此。

两年前，当我因为入侵学校的网络而被停学时，我的母亲勃然大怒。然而，她生气的对象不是我，而是把我送回家的副校长。父亲和我坐在厨房的桌子旁边听她打电话。她的声音变得越来越大。

“不，我完全明白她做了什么。”我的母亲说道，“可你明白吗？”她听了一会儿，“让我把话挑明了说。就因为你想要在服务器上省点儿钱，属于我的孩子和其他数以百计的孩子们的私人电子邮件已经被这个不必要的风险威胁了一整年，而现在，你竟然还怀疑我的女儿想要让你注意到这一点的初衷？你甚至都没有聘请专业的IT职员。我的女儿只是想帮忙。”

老实说，这确实不是我的动机，但听起来还不错。而我的父亲只是坐在那里微笑。

“休学来个假期，怎么样？”他对我说，“这是个好主意！”

>_

第一眼时，我很喜欢她的穿着打扮。简单的黑色衣服，扎起的黑色长发。我喜欢她，因为这是我一直想要尝试的风格，是我想要看到的自己的样子。我想尽可能地让自己朴实无华，成为一个无名小卒。我不想让我的衣服背叛我的所思所想。我希望自己能像一个黑洞一样，任何信息都无法从我的指间逃脱。

她白色的外褂与其他的衣服很不相配。几乎可以肯定，这是一个有意的错误，并不实际。白色的外褂只是一种特许权的象征，是她那些医生制服中的一件。或者从另一方面来说，只是一个道具。所以，我虽然喜欢她的穿着打扮，但要喜欢一个以把你当作一个孩子看待为工作的人是很难的。

我意识到，她是一名心理医生。她还没把这件事告诉我，至少到目前为止是这样。她只是领着我们走过一条又一条又长又宽的医院走廊。她也没说要带我们去哪里。地板上画着彩色的条纹，它们延伸向不同的方向，有的颜色加入进来，有的颜色分离开来，继而消失，但总有同一种颜色一直在我们的脚下。蓝色，而墙上的图例告诉我，它代表的是“儿科精神病学”。

我们的目的地显然是一个为孩子准备的房间。我的意思是，普通意义上的孩子，就像小不点儿那么大的孩子。但我也一起跟来了，所以我想这应该也是为我准备的。显然，我和小不点儿之间没有制度上的区别。我们是豆荚里同样的两颗豌豆，即使他只有我的一半大。

不过，鉴于他们准备分别处理我们的情况，看来我和我的弟弟之间还是有区别的。他被带回病房等候召唤，而医生分别为我和她自己拉出了一把椅子。这里到处都是毛茸茸的动物玩具，那边趴着一只深绿色的柔软的鳄鱼，一只河马在一盒橡胶手套上耷拉着脑袋，还有一只嘴上覆着毡毛、张开了翅膀的老鹰。

“我被要求来帮你做好心理准备。”那个医生说。我不需要她的帮助。我知道我的父亲快要死了，而且我知道自己该做什么。小不点儿才是应该待在这里的人。这里很适合他。我可以想象他抱着一只可爱的猛禽，一如既往的一脸茫然的样子。

我们回到市里为父亲做一些扫描，这些只能在一家正规的医院里完成。没有人抱有希望，我不知道叫来这个医生是不是我母亲的主意。但我有些不太相信。我的母亲并不情绪化，也不流于世俗。比起这种方式，我的母亲总是会有更好的应对方法。

那个医生一刻不停地说着，她谈话的效率明显比不上她的穿着。

为什么人们总是在不断地重复相同的话？他们说话的方式既浪费又没用。所有的信息都在一开始的几句话里就被传达了出来，剩下的就只是重复、冗余和强调。

这只是在浪费时间。这就是现在每个人的谈话方式。我只能听着。在我以后的生活中，所有的对话都会是这样的吗？我讨厌这种谈话。而且，看看这些玩具，这些生物在真实世界中没有一种是软弱的。它们是对危险的故意曲解，将死亡的阴影扭曲成可爱的形象，就像是被白雪覆盖一样。

“沉痛终将消散。”我下意识地说道。

“你的父亲即将死去。他现在感到十分害怕。”那个医生说道。

之后她又啰唆了半个小时。

>_

站在走廊里，我又播放了一遍录音。

“你的父亲即将死去。他感到十分害怕。”那个医生说道。

这简直是在浪费我的手机内存。我把她的话全都删了个干净。

现在，她永远的消失了。

>_

我走进房间，还没来得及开一个关于毛绒玩具的玩笑，我的母亲就已经站了起来，给了我一个拥抱。我抬起双手环住她的身体，忘记了自己精心准备的笑话。她的举动是那么的出人意料。我用双手紧紧地回抱着她，一部分原因是这个拥抱里满是温暖，而且我爱她；而另一部分原因，则是她过去从不拥抱我们。然而，不管我抱得有多紧，她都会回以更有力的安慰。这让忍住眼泪突然间变成了一件很困难的事。

我不能看向我的父亲。相反，我越过母亲的肩头看向西蒙。他正目不转睛地盯着我们，脸上全是茫然。

在我们的身后，那个医生又出现了。她仍然是一身黑衣，和我的穿着完全不同。她像第一次出现时那样假装敲了敲门，我的母亲便放开了我，牵起了西蒙的手。

“你好啊，西蒙。”那个医生向他打了一声招呼，然后转过身去，带着母亲和西蒙顺着地板上蓝色的线慢慢走远，最终消失在走廊的尽头。现在轮到他们去那个被剪了指甲的猛禽所在的避难所了。

父亲的书被堆放在床头柜上，无论是平装的还是精装的，是从图书馆借阅的还是新买来的，全都乱七八糟地混在一起。它们都有着紧张而刺激的情节，都是一些关于坚强、无情又冷酷的人们最后还是选择去做正确的事之类的故事。我曾经很努力地想要看下去，因为这样我们就可以有一些能够与彼此分享的东西了。但很显然，它们并不适合我，这样千篇一律的情节让我感到空洞而乏味。

这是它们的弱点。“弱点”是他的原话，即使听起来好像有点儿不太对。

把完美称为弱点？暴力与幸福相结合是永恒的结局，每一次都在理所当然的曲折之后得到完美的结果，这是它们的不足之处，是一切曲折的软肋。

“谈话怎么样？”父亲问道。

母亲的拥抱仍然让我感到有些不安，而这些书看起来像是用来转移注意力的好借口，于是我指了指它们。

“认真的吗？”我说道，“还没看够？”

他耸了耸肩。

“濒临死亡治愈不了无聊。”他说着，眼睛仍然紧盯着我，想要知道我和那个心理医生的对话进行得如何。

“他们告诉我你就快要死了，而且你感到很害怕。”我告诉他，“他们说我得为我们两个坚强起来。”

“就像电视上演的那样？”父亲问道。

“就像电视上演的那样。”我说道。我爱他脸上的笑容。

>_

在父亲生命中的最后几天里，有些东西有时会在他的痛苦和玩笑背后滋生。但那并不是我被告知要做好准备去应对的父亲的恐惧。当然，恐惧是存在的，我的父亲确实在某些时刻看起来很害怕。通常都是母亲在的时候，他会为她担心，又或者担心我不够坚强。但恐惧并不是正在他眼中生长的东西，而且那也不是勇气。那是一种全然不同的情绪，沉静和释然已经在他的心里深深地扎了根。

我不应该说“我父亲生命中的最后几天”。每当我在西蒙面前这么说，吐出的句子过于接近事实的时候，我的母亲都会紧张起来。为了西蒙，我得以与她相同的方式说话。我必须要万分小心，不能说谎，但也不能让真相从牙缝里溜出来。就像真相会把他整个融化掉，最后一根骨头都不剩似的。所以，在我的弟弟面前，希望是永存的。没有希望，我们就会迷失方向。希望是被黑暗遮蔽的现实中微微发颤的烛光，只要我们能让我的弟弟坚信它的存在，就不会有坏事发生，一切就都会好起来的。

“你要死了吗？”今天，小不点儿向父亲问道。没有人告诉过我，他和那个心理医生的谈话进行得怎么样。

“我们现在还不能确定。”即使我们知道那是事实，母亲却仍然回答道。我们很确定父亲即将死去。

“希望永存。”我严肃地说道。

母亲严厉地看了我一眼，而我立即瞪了回去。

“那是什么意思？”弟弟转而一脸困惑地看向我。

“没有希望，我们就会迷失方向。”我说，“希望是被黑暗遮蔽的现实中微微发颤的烛光。”我努力让自己的表情保持严肃，就像父亲喜欢做的那样。

“桑德。”母亲警告道。

而此时，小不点儿已经因为困惑哭了起来。

>_

我已经将自己所拥有的三台电脑都安装进了我的壁橱里，让它们一刻不停地运行着。祖母给我找了一条长长的橘色延长电线，我又请母亲在特鲁罗[①]帮我买了一个插线板，足以为我的三台电脑和外接硬盘驱动器供电。我在阁楼里发现了一个老旧的床头柜，于是我把一台电脑放在柜子里，那里的空间刚好够把它的盖子打

① 位于加拿大新斯科舍省中部的一个小城镇。

开，另一台放在柜子上面，最后一台则放在我的腿上，我不在的时候就直接放在壁橱的底板上。

“天啊。”当我的祖母看到那些乱七八糟的线和一个挨着一个闪着光的电脑屏幕时，说道，“别把那些东西缠到你的脖子上，那会勒死你的！”

这听起来好像有点儿疯狂。

西蒙又一次独自待在了外面。

这间充满了散热器呼呼运转的声音的温度过高的小屋是属于我的，而且只属于我一个人。

有两台笔记本电脑没有联网，但我把它们连在了一起。为了测试，我让它们分别运行不同的操作系统。我选择的是时下最流行的操作系统中常见但稍微有些过时的版本，它们脆弱且无处不在。

这正是父亲的灵魂等待进入的地方。

虽然他还没有准备好。在测试中，有时一台电脑会以他的记忆去感染另一台电脑，这使得他能够在它们之间来回穿梭。但这并不完美，而且传输的频率也并不如预期的那样高。传输只在某些时候起作用，而我还没有找到导致这种结果的原因。如果病毒只能在我所控制的系统中的我所熟知的软件上运行，我又怎么能指望它能在全世界几十种不同的操作系统中生存下去呢？那可是数以百万计不同的软件和硬件的不同组合！不，它还没有准备好，它的适应性还不够高。我需要找到一个更好的漏洞来利用，找到更强的感染媒介。除此之外，以防第一个方法失败，还需要准备一些备用的方案。

我太专注于他所说的话了，一直忽略了代码本身，忽略了病毒本身的这一部分。但是这些话很重要，而且我那尚在的父亲还有更多的话要说。在把它引入第三台电脑之前，我想尽力把更多属于他的玩笑和亲切的话语编写进去，最后再让它进入那些灰色和白色的电子通灵板[①]。

当一切都准备就绪，不管屋外是如何的风和日丽，我都将召回死者的灵魂。

---

① 通灵版，流行在欧美的一种占卜方式，外型为一种平面木板，上面标有各类字母、数字及其他一些符号，其目的在于让使用者与鬼魂对话。

>_

我们围在父亲的病床前，一一和他道别。每天晚上的这个时候，我们都会假装得很随意，不想表现得太过小心。我们总是小心翼翼地在道别的话语中塞入过多的不舍，担心当晚就是死神给出的最后期限。

“再给爸爸一个吻，西蒙，说你爱他。”

“我爱你，爸爸。”

“说‘明天见，爸爸’。”

“明天见，爸爸。”

等他们先出门走远，我在门口逗留了一会儿，手里拿着我的手机。

“永别了。”我说。这是我们每晚都会进行的秘密仪式。

“永别了。”他说。

< 2 >

“护士，能请医生帮我检查一下骨架吗?

我觉得自己好像穿错了。”

>_

“永别”是一个完美的玩笑，因为那永远都不会变成真的。

每天晚上我都会这么说，但每天早上我都会再次见到父亲。永远是没有意义的，是一句空话，一句空洞的威胁。永远是我们握手时暗中勾画的手指，是我们的暗语，我们的解码器，它在时间的长度上根本没有任何意义。我之所以知道这一点，是因为这句“永别”总是说得万分轻松，而它所代表的时间上的真正意义，要比这难以接受得多。

每当我们离开医院，每一分每一秒都会被无限地拉长、延伸，让那种空虚的感觉不断蔓延，直到覆盖整个令人窒息的夜晚。然而，时间并不是我的敌人。我有我的录音，也还有病毒需要我去完成。

我抱着我的电脑蜷缩在壁橱里，看着眼前散发着荧光的屏幕，听着白天录下的文件，将那些词句一一抄录下来。如果选择恰当，有时也可能是整个句子。

有的时候，我也会去思考如何去改善代码本身，但这只限于我没有沉迷于选择父亲的语句的时候。

```
update recordings_db
set transcription = 'goodbye forever'
where filename = say_goodbye.wav
```

```
上传文件
设置转录=“永别”
文件名称=说再见.wav
```

我会把“永别”这句话放进病毒里，但这将是最后一项任务，它将成为画龙点睛之笔。而现在，在最后的道别之前还有好多的话要说。

父亲今天的心情很好。他和母亲大声地笑着，一直在通过某些我不明白的玩笑互相逗趣，那是他们之间的小秘密。那些扎根在他们记忆里的人们和地点是我无法触及的。那是他们共同分享的生活。对我来说，那就像是一个储存了所有这些信息的数据库，而我没有它的访问权限。它就像是一本被高高地放在书架上的书，不管我跳得多么用力，都始终无法触及，而一起读过它的父母却一直在引用其中的语句，因为那些不为人知的秘密而放声大笑。

那其中的许多话我都不知道该如何转录。我希望能用他的话把这种感觉表达出来，而这个纯文本只是一个用来填入他们分享的那些秘密，填入那些温暖甜蜜的情感的容器。

>_

我开始播放父亲那些关于死亡的愚蠢的笑话。他知道，每当他这样开玩笑时，声音里的轻快总是能够轻而易举地照亮整个房间。

“即使将死，依然英俊。妈妈们，快把女儿们锁起来！”

“天堂里最好不要有鸡。鸡是老鹰的白痴版本，我讨厌它们。”

“护士，能请医生帮我检查一下骨架吗？我觉得自己好像穿错了。”

“唔……我今天穿什么好？”

“死亡甚至不是这一切里最糟糕的部分。最糟的是，我永远也不能成为一个坐在杂货店里的脾气暴躁的老太太，体验那是一种什么样的感觉了。”

“真好，我们又可以一起度过新的一天了。我的意思是，我们中的某些人在这方面得比别人更加努力。我只是说说而已。”

“我可不是在开玩笑，小鸡们都是垃圾。”

“你那是在笑吗？你不能因为我的笑话发笑，我可是快要死掉的人！”

以及——

“说实话，我觉得把这些沙拉全部吃掉的自己蠢爆了。”

每到晚上，我总是喜欢仰躺在上铺，睁着眼睛盯着斑驳的天花板，渐渐地在父亲那令人安心的声音里睡去。

>_

我们的母亲从来没有承认过他就要死了。即使她的心里和我们一样明白这一点，甚至看得比我们更透彻，但她从来没有在我们的面前说过那些话。我一直以为她之所以这么做是为了保护西蒙，当然，在我的面前，她的用词也是同样的小心谨慎。我们都是她的孩子，都需要被保护。让那个医生如此直白地告诉我们“你的父亲将要死去”，这对她来说一定是个十分艰难的决定。那个医生也是这么告诉小不点儿的吗？我能想象我的母亲因为这句话瞬间面无血色的样子。我们都需要保护，尤其是西蒙。西蒙是……精致的瓷娃娃。

从那天起，情况就开始变得不同了。她之前从未对我们说过谎，但总是非常小心地回避真相。然而最近，她似乎不再那么小心翼翼了，比如今天。

“我们要在你们爸爸去世之前给他买最后一块牛排。”她在早餐桌上宣布，“然后我们将在今晚一起度过最后一个电影之夜，就像过去一样，这是你们爸爸应该享受到的。”因此，在吃过早餐谷物之后，我们爬进车里，一路驶向哈利法克斯[1]，去给我们的父亲买最后一块牛排。

“他的最爱是那家‘牛排和啤酒’[2]里的七盎司德比风味牛排，五分熟。”她一边开车，一边解释道，“不是什么超级棒的牛排，也比不上‘小桶庄园’[3]里那种一百五十美元一块的菲力牛排，只是一种我们以前经常

---

① 加拿大新斯科舍省首府。
② Steak and Stein 家庭餐馆，位于加拿大新斯科舍省首府哈利法克斯。
③ Mansion Keg，位于加拿大安大略省省会多伦多。

吃的被腌泡在酱料里的便宜货。”

当我们到达那里的时候，她把相同的话又向服务生重复了一遍。

“这可能是他吃到的最后一块牛排了。”她对他说，“他喜欢吃这里的东西。”那个服务生听了她的话表示十分理解，但也表现得有些紧张。我们点了四份牛排套餐，然后将它们打包带回车里，又开了一个半小时的车回到塔塔马古什[①]，回到父亲所在的护理中心。

进门时，母亲把外卖藏到了身后。

“你藏着什么呢？”他说。

一看到那些印着“牛排和啤酒”的打包袋，他瞬间整个人都亮了起来。西蒙此时正站在我的旁边，怀里抱着一大摞从祖母家借来的盘子。他兴奋地把它们放到床上。

“这可能是你吃的最后一块牛排了！”我的弟弟说。

---

① 位于加拿大新斯科舍省科尔切斯特县的一个村庄。

>_

“我们今晚一起看电影。”母亲一边将垃圾收回袋子里，一边说着。父亲的那一份几乎连碰都没碰。这周他已经不能吃任何的固体食物了。但他仍然微笑着任她将手中的盘子收走。“家庭电影之夜。”母亲又说，“就像我们以前那样。”西蒙在她身边严肃地点了点头。

“最后一个电影之夜。”我的弟弟说。母亲没控制住力道，砰的一声将垃圾丢进了垃圾桶。

“西蒙，我刚才跟你说什么来着？”她说道。父亲却突然笑了起来。

“最后一个电影之夜听起来真不赖，西蒙。”他说，“那今晚我们准备看什么？”

“你想看什么我们就看什么。”我说着，从背包里掏出我的笔记本电脑，“只要你说得出名字，我就能把它找出来。”

作为人生中的最后一部电影，父亲选择了1950年由詹姆斯·史都华①主演的黑白电影《迷离世界》②。他还想让我把那张印着詹姆斯·史都华和一只巨大的兔子剪影的海报找出来，再把它从玛丽·蔡司③的剧本中下载下来，还要把预告片找来看。小菜一碟，马上办到!

“没问题。”我对他说。

“你的最后一部电影一定要是黑白的吗？”西蒙问道。

---

① James Stewart，1908 年 5 月 20 日 -1997 年 7 月 2 日，美国电影巨星，美国空军准将。1941 年凭借《费城故事》获得第 13 届奥斯卡金像奖最佳男主角奖。

② Harvey，由亨利·科斯特执导，詹姆斯·史都华、约瑟芬·赫尔等出演的奇幻喜剧。于 1950 年在美国上映。

③ Mary Chase，电影《迷离世界》的编剧。

“这不是我的最后一部电影，这是我们的最后一部电影。”父亲说，“《迷离世界》是有史以来最棒的一部电影，西蒙，我想和你一起再看一遍。”

等我下好了电影，床头已经堆满了被他们借来的枕头。将刺眼的荧光灯全都关掉，母亲插上了一盏从祖母家借来的暖黄色的柔光灯。他们和父亲挤在一起，安静地坐在那里等着我。这种温馨的感觉让我仿佛回到了过去那些真正的电影之夜，小不点儿甚至还捧着一个碗，里面装满了来自于护士休息室的烧焦了的爆米花。

在观看电影的过程中，每当一句经典的台词出现时，他都会轻轻地用手拍一下我或弟弟，紧张时屏住呼吸，开心时放声大笑。他笑得太用力了，就像想要努力带动其他人加入快乐的行列似的。当詹姆斯·史都华正在发表一个简短的演讲时，他握着我的手。有那么两次，我忍不住转头去看他，他的脸上沾着还没来得及滑下的泪，湿润的眼睛里闪烁着细碎的光。但是随后，他就会马上大声地笑起来，然后转头看向我。

上一刻还完全沉迷在电影的世界里，下一刻又突然因为我们正陪在他的身边而像孩子一样兴奋起来，然后以糟糕的演技引用复述他最爱的詹姆斯·史都华的台词。整部电影从头到尾，父亲一直在这两种状态中来回切换。他的声音轻快得不可思议，拔高的语调甚至一度突破了他以往的记录。但表演并不是重点，他爱上的是那些台词本身，是其中蕴含的思想。我把所有这些全都用手机录了下来。

詹姆斯·史都华在电影中的角色叫作埃尔伍德，而在我的父亲复述的那些台词中，我最喜欢的是下面这句话：

“许多年前，我的母亲曾对我说过一句话，她说：‘在这个世界上，埃尔伍德，你必须——’她总是叫我埃尔伍德，‘在这个世界上，埃尔伍德，你必须在成为一个特别聪明的人和一个特别友善的人中做出选择。’我得说，这么多年来，我一直都很聪明。”

父亲停顿了一下。

“我会选择友善，你们可以引用我的话。”

在接下来的几个小时里，他一次又一次地引用这句话，而且每次都会在结尾加上一句“你可以引用我的话”，虽然它显然不是重要的那半句。

回到家后，我对录音进行了转录，进而添加到病毒里。这真让人感到困惑。说着别人的话的他真的是他吗？玛丽·蔡司笔下的句子和詹姆斯·史都华的语调融合在一起，虽然奇怪，但很明显，它们对父亲来说有着非凡的意义。这就像终于有人说出了他一直想说的话一样。你可以从他的声音和表情里感觉到，他对那些话中的含义深信不疑。所以，只要有那么一句话对你有着非凡的意义，有那么一个想法打动了你，那是不是就会让你的思想发生改变？即使只有那么一点儿？

>_

父亲正忙着一个接一个地讲那些愚蠢的笑话，逗得坐在床边的西蒙咧着嘴笑个不停。如果可以，我能在这坐一辈子，什么都不做，就只是静静地听着，用手机录音。我甚至不再讨厌他摇晃塑料杯时碎冰互相碰撞的声音，这是到目前为止最接近完美的时刻了。

相反，我的母亲却因为她和我到现在都还没吃过东西而烦躁不安。她现在正站在门边。中午护士送来午餐时额外给西蒙带了一份，所以他们两个吃过了，而我们没有。你必须每天吃东西，这样才能让你活到第二天。到了第二天，你就又得开始吃东西了。进食是一种不便且麻烦的事情，而且还得是每天三次。我们不得不打断自己正在做的事去吃东西，这在医学上有什么好处？应该研究出一种药，一天一片就能解决所有问题。

“我们得走了，桑德。”母亲说道。

我不想错过任何东西，不想错过每一个单词，这一切都是那么的重要。但我不能在不告诉她我在录音，不解释自己为什么要这样做，不放弃我的计划的前提下向她提出抗议。所以，我们得走了。

我们必须离开，但小不点儿却可以留下。小不点儿可以继续听父亲的笑话，可以陪伴父亲度过接下来的时间，而我不能。那些笑话本可以被写入病毒继而永远地活下去，然而相反，西蒙将会是唯一一个听到它们的人。

“桑德，马上过来。”母亲催促道。

“我知道了。”我回答道，尽量让自己的声音不要显得那么恼怒。我不该生小不点儿的气，没用并不是他的错。而且不管怎样，我也很难对全身都散发着发自内心的快乐的人生起气来。

我装作漫不经心地把手机放到病床边的小桌上，就在父亲的那堆书后面。录音还在进行，我希望剩余的电量还够用。

“给西蒙带点儿薄荷糖过来。”父亲说。

“我不怎么喜欢薄荷糖。”我的弟弟对他说。

“给西蒙带点儿薄荷糖过来，我想吃。”

然后我们转身离开，房间里只剩下他们两个人。

>_

我尽量放轻动作，不想吵醒我的弟弟。但只要我一动，整个床就会发出吱吱嘎嘎的呻吟。好在等我终于踩到地毯上时，他仍然没有醒来的迹象，这让我有点儿惊讶。即使正沉沉地睡着，他的样子看起来仍然有些紧张和不安。他的眉头微微皱起，手不自觉地放在嘴边，肌肉遵循着记忆完美地重现了他过去吮吸大拇指的动作。这是小不点儿最纯粹的样子，这时的他只是一个单纯的孩子。

我穿过房间，蜷缩进我的壁橱。昨天我一直在担心有人发现我的手机，发现它正在录音。我担心自己越过了那条名为道德的底线，因此而侵犯他人的隐私。但即便如此，听着那些录音，我的心中也毫无悔意。

录音里有一些不错的玩笑，我很高兴自己没有错过它们。经过处理，那些字句可以非常完美地融入到病毒当中。但除此之外，这里还有一些不一样的东西，一些新的东西。那是一段我可能永远也不会听到的对话。

“嘿，孩子。”录音里的父亲说，“你为什么在哭啊？”

西蒙没说话，只是一味地哭着，其间夹杂着我分辨不出的父亲喃喃的安慰。然后西蒙说了一句什么，浆糊一般糊在一起的声音听得我一头雾水。但即使听不清他在说什么，我也能听出从他的声音里溢出的泪水。

“西蒙，我听不清你刚才说了什么。”父亲温和地说道。

“我不想让你死掉。”西蒙哭着说，声音稍微大了一点儿。

西蒙当然不希望父亲死去，但是真正听到他把这句话说出来，我不知道自己为什么会感到如此意外。难道在我的潜意识里，一直以为他之所以总是哭，只是因为他还是个小宝宝，是温室里的一朵花吗？此时的西蒙仍然在下铺中熟睡着。

“我不想让你死掉。”录音里的西蒙又说了一遍，这次的声音更大了一点儿，语气中满是抗拒。

>_

我不想让我的父亲死掉，这一点他心知肚明。每一天，这句话都不那么精心地被我藏在言行举止里，而每一天，他都看得非常清楚而明白。

西蒙也不想让他死掉。

“我知道，西蒙。”父亲在录音里说道，语气比对我说这句话时更加温柔。又或者他只是换了一种温柔的方式。

我不知道该如何编写这些话。他和我弟弟说话的方式与和我说话时截然不同。我敢肯定，即使内容相同，这其中肯定蕴含着不同的东西。父亲的声音中那种特别的温柔只适用于西蒙。

很显然，有一部分的父亲是只属于西蒙的，还有一部分只属于母亲。如果我从来没有听到这些怎么办？如果我从来没有意识到这一点呢？那是不是就意味着，我所造出的父亲就只是我面前的父亲？

我还以为这会是一件很容易的事，只要把父亲的话记录下来，就能让他永远活下去。然而我记录得越多，就越发意识到自己到底错过了多少东西。

所以，我并不后悔自己悄悄地把它们录了下来。我必须把一切都记录下来，录下和西蒙在一起的他，录下和母亲在一起的他。我需要想办法进入他的电脑，浏览他的邮件和老照片。我需要尽我所能地搜集关于他的信息，而不只是我自己的眼睛所看到的那部分。因为，既然我已经开始了这项工程，那么，能让多大部分的父亲幸存下来就完全取决于我了。

我知道这个电脑病毒永远也不会是我的父亲。它只是几行计算机代码和一个塞满了冷笑话的文本文件的结合体。我知道它无法取代一个复杂而又难以理解的真正活着的人。但它至少能成为其中的一部分，我必须相信这一点，它至少具有某些意义。

>_

母亲坐进车里，朝我们挥了挥手。她发动引擎，在车道上绕了一圈，沿着砾石朝大陆驶去。从我们身边经过时，她显得有些心烦意乱，看起来不怎么开心。而我那个小不点儿弟弟一直在冲她挥着手，直到她消失在路的尽头。从这里到机场要一个半小时，她得去接弗兰克叔叔和乔纳叔叔回来。而我们的工作，是在他们回来之前为他们准备好房间。我们回到屋子里，祖母正在烤通心粉和奶酪。

“你们知道多余的被子在哪里吗？”当我们经过时，

她问道。

我们知道。

回到楼上，我们打开那个空着的房间。西蒙怀里抱着被褥，而我手里则拿着一些清洁用品。这里的墙纸没有我们那间华丽，只有简单的棕色图案，和笨重的木制家具很相配。这里只有靠窗的椅子看起来很精致，上面印着褪色的绿色花朵，但即使是它，也比我们房间里的装饰要庄严朴素得多。我们打开窗户让下午新鲜的空气进来，用吸尘器打扫地板，换掉床单，再将被褥铺上去。

当我们把一切都收拾完毕，西蒙在大床边上坐了下来。

“这个房间比我们的漂亮。”我的弟弟说，“但我喜欢我们的双层床。”

我什么都没说。我对这些没有任何看法。我只是很高兴我们一起顺利地完成了工作，这样我就能回去摆弄我的电脑了。西蒙像往常一样一路跟着我回到我们的房间，然后看着我把自己塞入壁橱那只属于我的小空间里。我伸手想把门关上，却突然顿住了动作。小不点儿总是喜欢盯着我看，一直以来这都让我感到很烦。但不知从什么时候开始，我慢慢地意识到那是因为我很自私。我把太多的时间花在担心我自己以及我的计划和想法上了，以至于完全忽略了我的弟弟。

放弃了关门的想法，我朝他招了招手。

他向前走了一步，但立马停了下来。

“没关系。”他说，“我可以让你一个人待着。”

我拿起我的耳机，将其中一个耳塞递给他。分开的耳机线很长，足够我们两个一人一只。我耐心地等他弄明白该怎样把它塞到耳朵里。我在主电脑里找到了一个很长的父亲的声音文件。这段话不是玩笑或是对电影的引用，也不是有关爱、恐惧或悲伤的宣言，他只是在问什么时候可以吃午饭以及午饭吃什么。父亲的声音说着“哦，太棒了”，还有“我想知道——”。

坐在地毯上的西蒙又往我的身边凑了凑，我为他点击播放。

>_

西蒙和我坐在一起听着父亲的声音。我的弟弟一直没说话，只是一边听着，一边摆弄着耳机线。我无法不让自己盯着他看。每当父亲说了什么，我就会看到曾经属于我自己的感情映现在弟弟的脸上。而每当父亲说出什么感觉不太对的话，西蒙也会像我之前一样困惑地皱起眉头。他一直紧紧地抓着我的手，或者是我抓着他的。我忍不住想要问他是如何看待这些录音的，是否明白这其中的意义。但最终，我什么都没说。我不想在这一刻打扰他，不论他心里正在想什么。

但事实证明，这一刻已经结束了。

“双层床！你们可真幸运！这么多年来我一直想要说服乔纳去买个双层床。”弗兰克叔叔一只手扶在门框上，从走廊探进身子。西蒙和我从地上爬起来，拿下耳机。我合上了电脑。

“弗兰克叔叔！”小不点儿招呼道。弗兰克是父亲的弟弟。

“你跑到壁橱里做什么？”弗兰克有着高大的身材，而当他把我抱起来时，就显得他更高更大了。虽然距离上次见到他已经过了一年多，但他的拥抱却让我感到很熟悉。我紧紧地拥抱着他。甚至于他身上的味道也是那么的熟悉，闻起来就像是松针。他是我认识的唯一一个用古龙水的人，这种味道总是充斥在他的周围，无论是他的胡子、厚毛衣还是他的头发。即使他把我放了下来，我还是能闻到它的味道。“你的眼睛不疼吗？”他说道，一只手仍然放在我的肩上。

“我的眼睛也很疼！”我的弟弟说。弗兰克哈哈大笑，抱起西蒙飞快地转了起来。我不记得上一次听到西蒙这样咯咯的笑声是什么时候了。这种声音其实很奇怪，但确实是一个这么小、这么脆弱的人应该发出的声音。弗兰克把他放了下来，小不点儿又惊又喜地站在那里，说：“你来了！”

“你不知道我们要过来吗？”

“我知道！”

这时，乔纳叔叔也走了进来，放下他们的最后一个行李箱，他将雨伞靠放在门框上。

即使旅途使他看上去十分疲倦，但他仍然微笑着。他的笑容比弗兰克小得多，内敛却同样真诚。自从西蒙出生后，他们两个一直在一起。他和我握了握手，说道：“桑德，你看起来还不错。”他有着海地口音，握着我的手也十分有力。其实他说话并不慢，只是比弗兰克更加仔细和谨慎。事实上，他做任何事都要比弗兰克要细心。

他同样和西蒙握了握手。

“你又长大了，西蒙。”他说。

“我的眼睛很疼。”我的弟弟说。

“是啊，没错。”乔纳说着，然后转向弗兰克，“我们得把东西收拾一下。”

“好好好。”弗兰克朝我们做了个鬼脸，提起一个袋子，“我还是觉得我们应该买一个双层床。”他一边走一边对乔纳说道，两人的背影消失在他们的房间里。而西蒙和我一直站在门口听他们讲话。

“我是说真的，虽然分开的卧室是完美的选择，不行的话，有个双层床也行啊。”弗兰克叔叔继续说道，“一块高于整个房间的地方，可以在我需要的时候提供一些私人空间，或者在你需要的时候由你自由支配。当然，不是每天晚上都要这样。但这会让你感到安心，对不对？一个可以冬眠的地方。”

“你说是就是吧。”

“你知道的，这挽救了伊迪姑妈和哈利叔叔的婚姻。他们有单独的小木屋，两间紧挨着。他们已经结婚五十年了。”弗兰克说。

“我知道。”乔纳说道，“你知道我是怎么知道的吗？

那是因为你在不到一小时之前指给我看了，就在我们来的路上。每次我们开车过来，你都会给我指一遍。”

楼下传来母亲的声音。

“抓紧时间。”她喊道，“今天的探视时间到五点就结束了。”

他们是来跟我的父亲道别的，在父亲还活着的时候看看他，就像我们一样。

>_

“我是唯一一个会哭鼻子的人。”当我们其他人都不在的时候，录音里的西蒙对父亲说，“桑德从来不哭，妈妈也从来都不哭，只有我老是哭。”这当然不是真的。我哭的次数太多了，只是从来不让小不点儿看到而已。

我继续听着这段对话。我本来是应该去把那些新录下来的语句抄录下来，或者为病毒寻找一个更可靠的利用节点的。但我反复不断地听这段令人感到有些尴尬的私人对话，与我以往听到的声音不同，在这里，我的弟弟听起来更像是一个真正的人。对我来说，他一直都只是一个小不点儿。他太精致，脆弱而易碎，比起一个真正的人，更像是一件逗人发笑的小东西。但现在，我开始意识到自己从来没有看到他真正的样子。

事实上，我也从没看清过我的父亲，还有我的母亲。从我记事以来，我眼里的整个世界就都是围着我转的。而现在，我感到一盆冷水兜头而下，这让浑身湿透的我猛然间醒了过来。

我真蠢。

“我怀念以前桑德和我还是朋友的日子。”在录音的最后，我的弟弟说道。而这让我感到无法形容的糟糕。

>_

过去的几个晚上，当所有人都进入睡眠，只剩下我和西蒙的时候，我都会和他说说话。虽然聊的不是什么重要的东西，我不觉得自己能和他谈论父亲或母亲，但我们确实恢复了交流。我试着向他解释计算机编程，而他似乎也对此很感兴趣。我们躺在黑暗中，他提出一个接一个的问题，直到我们两个其中之一睡着。然后等到第二天晚上，对话又会从前一天晚上断掉的地方继续下去。

“布尔运算符[1]是什么？”他说。

“这个你已经知道了。”

“我记不住。”

“那你还记得哪些？”我问他。

他为我把它们一一列出：NAND，AND，OR，XOR。他学得比我快。

“XOR是什么意思？”我说，因为这是他昨晚没能想起来的那个。

“异或。”小不点儿说，“这两个值中的其中一个必须是真的，但另一个必须是假的。”

“那NOR呢？”

“非。”他说。对话进行了差不多一个小时。每晚他都会轻轻地问出这些有关计算机的问题，而我总是会尽力回答。今晚，他再次让我向他保证以后会教他编写计算机程序。我们选择的是一个计算器程序，不难，但也不算简单。他的问题一个接一个地蹦出来。比如，如果

① 逻辑运算，计算机编程术语，通常用来测试真假值。

用不同的语言编写，我们将分别用到哪些东西？我最喜欢的是哪种语言？为什么？直到最后，他说话的声音渐渐消失，在漂移中失去焦点，我想，不是他要睡着了，就是我要睡着了。

中间有很长一段时间都没有人说话，感觉就像夜间谈话已经结束了。但随后，他说了最后一句话。

“谢谢你和我说话。”

>_

今晚没有月亮，房子后面的那些窗户也都是黑着的。所以即使知道池塘就在那里，我也只能从院子里那两种不同形状的黑色中看出水面映照天空的轮廓。我想一个人待着，所以来到这里，但这并不是我想要的那种独处。这里没有什么能让人感到安慰的东西，空洞而虚无。

然而只要转个弯，瞬间就会被嘈杂的声音所包围。一家子的人围坐在厨房的桌子旁，从窗户里透出来的光照亮了整个车道，铺着红色砾石的路环绕着几棵大树，树上挂着一个轮胎秋千，正随着微风来回摆动。背对着前门，我在台阶上坐了下来。这里可以听到餐具互相碰撞的声音和欢笑声，可以听到祖母和家人的声音。这样感觉好多了。当附近有一群人时，独处会让人感到更加满足。

甚至连天空都变得更加明亮了。向外延伸的田野也不是全然的黑色，灰色的云和大片空荡的天空在那里映出了不同的纹理和形状。我能看见那座仿佛一只老象的房子的轮廓，它仍然在那片田地里战战而立。我能分辨出它的窗户和它那小小的前门。父亲仍然以那座房子的形象立在那块土地上，沉静和释然从它那仿佛眼睛一般黑色的窗户里透出。我希望我能伸手抓住那份沉静，让它吸收掉我心里这种孩子气的愤怒。

“我们已经讨论过这件事了。”父亲今天对我说。他的声音里完全没有面对西蒙时的那种柔软和温和。我又一次对他说我不想让他死掉，我说了所有我知道不该对他说的话。

“为什么你不再反抗了？”我说，“为什么你要奄奄一息地躺在那里等死？我听到医生说的话了，你本来可以再做一轮化疗。”

“桑德，事情没有你想象中的那么简单。”他说。

“你难道就不关心我们的感受吗？”我说。

我还没有对这段录音进行抄录。我不想把它抄录下来，我为这样的自己感到羞愧。

>_

弗兰克正在楼下大声地讲着一个故事。

“我们骑着自行车一路往山上走，那里没有路。”

“有条小路。”乔纳叔叔说，“肯定有一条路，你只是觉得自己无所不知。”

“弗兰克总是无所不知。”我的母亲笑着说，“但这似乎没有什么帮助，是不是，弗兰克？”

“不管怎样。”乔纳听起来很累，“也许我们该让故事停在这然后准备睡觉。我们应该停下来，趁着大家还尊敬——”

“我们便血了。”弗兰克打断了他，“不管他怎么样，反正我是便血了。”母亲又笑了起来，而祖母不满地敲了敲盘子。“我想这下我们肯定得去医院了。”弗兰克继续说。

坐在我旁边的楼梯上，西蒙正尽量小声地笑着。我进屋时他就已经笑不拢嘴地坐在这里了，于是我也坐了下来，加入听故事的行列。我们已经在这坐了一个小时了，什么也不干，只是听着我们的母亲和叔叔们喝酒聊天。

“别炫耀了，那里面几乎没有血。”乔纳说。

“我确实便血了！”

“大便里有血和便血不是一码事儿。”乔纳回道。

“哦，真的吗？那可真是谢谢你了，医生。”他们此时都面无表情，就像曾经一起演出了好多年的喜剧演员一样。他们之间有一种舒适的相处节奏。

“不管怎样，你该提到你的床了，那不是这个故事的正确走向吗？”

片刻的沉默，然后：

“你的意思是说，我拉到床上了。”所有人突然发出一阵爆笑，椅子在厨房的瓷砖上擦出刺耳的声音。酒瓶和酒杯庆贺般地相互碰撞。

“至少那是你自己的床。”我的母亲说，然后停顿了一下，继续说道，“我们中的一些人可就没那么幸运了。”

“这听起来才像是一个我非常想听的故事。”弗兰克说道，引出更多的笑声，“把那些丢人又讨人厌的青春故事全都贡献出来！”

西蒙把头挨到我的肩膀上，我们一起坐在那里安静地听着。

>_

“它复制的是什么？”夜里，小不点儿又开始问问题了，但我不记得我们前一天说到哪了。房间里有点儿热。即使不把厨房里的炉子点燃，整座房子也总是十分温暖。

“什么复制什么？”

“那个病毒。”他说，他的床铺发出吱吱嘎嘎的响声，“你说过它会进行复制。它复制的是什么？”

我完全不记得这段对话了。我把写病毒的事告诉他了吗？似乎不太可能。我没打算把这件事告诉任何人。即使要告诉西蒙，那也应该是一个重大的决定，而不是我可以随便忘记的事。难道是我睡觉的时候说梦话了？我会说梦话吗？这我怎么可能知道？我之前都是一个人睡的。

“什么病毒？”我说。

“就是你之前告诉我的电脑病毒。就像那个救护车病毒，让救护车在屏幕上行驶，当它砰的一声撞到屏幕边上的时候发出汽笛声。或者是那架飞过屏幕顶端的飞机。你说它们会进行复制，但那是我能记得的最后一件事了。我想我是睡着了。”

我喜欢西蒙的这种新的声音，这种在我们的谈话中新出现的自信。以前的他听起来总是那么的不自信，让我觉得很烦。我从来没有想过，也许他之所以显得那么不自信，可能是因为我从来不想和他说话。我总是在忙，专注于真正重要的事情。所以，当他跟我说话的时候，又怎么可能自信得起来？

而现在，每当他跟我说话，那些词句似乎很自然地就从他的嘴里蹦了出来。这只是一个小小的变化，我却因此而感到高兴。

“它们复制它们自己。”我告诉他，“那是它们的传播方式。它们把自己复制下来，然后将复制品放到电脑中的其他程序里。然后，当有人启动那个新的被感染的程序时，病毒就会再次被激活，然后再次进行复制和传播。它会搜寻出电脑里的每一个邮件地址，然后把自己的复制品伪装成可能会被点击的正常邮件发送给每一个人。它会查找本地网络上的其他电脑，或者插入到USB端口的外部存储器，试图将自己依次复制到它们之中。就这样，直到永远。”

不管怎样，这是我所选择的传播病毒的方式，我写的代码所确定的方法。

“哦，这样听起来简单多了。”他的声音听起来已经昏昏欲睡了。我沉默了许久，一时不知道该说些什么。我想继续讲病毒，把更多的东西告诉他。我想要描述一下我以前的最爱，或者给他讲那些编写出它们的人的故事，讲那些关于死去了很久的病毒创造者、电话耗子[①]和黑客的床前鬼故事。

我想向我的弟弟讲述死牛崇拜[②]的教义，用美国电话失败者[③]的故事吓他，想给他买一个可以按一定频率发出哨声的盒子复制品。

我从未见过那些人，可能永远也不会。他们在我出生之前就写下了他们的故事，创造了他们的病毒。现在他们都不见了，取而代之的是从不开玩笑也不公开信息的通讯安全公司。亚特兰蒂斯[④]沉入了海底，他们就在那里建造了一个石油钻塔；宏伟的图书馆里充满了关于死亡的玩笑；在屏幕上横冲直撞的救护车；一个形状奇怪的像素伞兵。[⑤]那是一种能够感染你的私人电脑的艾滋病毒，是一系列精心策划的恶作剧和战斗口号，是从高中和愚蠢的办公室中逃离的一种渠道，是为那些从来

---

① 偷接电话线，不付钱打电话的人。

② Dead Cow，一个 1984 年成立于德克萨斯卢伯克的黑客和自主媒体组织。

③ Phone Losers of America，一个成立于上世纪 90 年代的美国电话耗子集团。

④ 传说中拥有高度文明发展的古老大陆、国家或城邦，最早的描述出现于古希腊哲学家柏拉图的著作《对话录》里，据称其在公元前一万年被史前大洪水毁灭。

⑤ 此处皆为对各种电脑病毒的描述。

不喜欢诗歌的人准备的一种另类的诗歌。

就像我们这种人。

我想把这些都告诉他，但是小不点儿却安静了下来，似乎已经睡着了。

西蒙曾在几天前的晚上感谢我和他聊天。但现在，我开始意识到自己也已经很久没有和别人进行过真正的交谈了。

< 3 >

“永别了。”

>_

我们总是会给他带些东西，乱糟糟地堆满他的房间。他那堆惊悚小说的新成员，当夜晚开始变冷时换上的一条被子，一副被收进抽屉里和其他游戏牌放在一起的扑克牌。一个人真正需要的东西只有那么多，但我们仍然忍不住要给他带些东西。一条可以用来拍些搞笑照片的发光头带，一个龙虾摇头娃娃，这些东西看起来都蠢透了。但愚蠢很好，愚蠢能够赢得微笑。

今天，我们把西蒙在一个旧皮箱里发现的棋盘带了过来，还有一个装满了小小的塑料棋子的自封袋。我的弟弟把它们举起来给父亲看。

“真好。”他说，“你要教我下象棋吗？”

“才不是！”我的弟弟笑了起来。

“我告诉西蒙你会教他怎么下棋。”母亲说道。

“所以现在是要臭棋篓子来领新人入门了。”父亲说，然后转向西蒙，“我很乐意教你下棋。”

“别把你的夹克脱掉。”母亲对西蒙说。她把棋盘放在父亲的身边，吻了吻他的侧脸。她的夹克也仍然穿在身上。“有什么想要的东西吗？”她问父亲。

“用热可可代替咖啡可以吗？”他说。

“好的。”她应道，“一个小时后见！”她牵起西蒙的手，转身离开。

我的母亲和西蒙每天早上都会步行到镇上的一家咖啡店，表面上是去买早餐后的零食，实际上是为了呼吸新鲜空气和运动，为了享受片刻的宁静。即使是下着瓢泼大雨的昨天，他们也没有中断这项活动。

“这就是雨衣的用处。”当小不点儿抱怨时，我的母亲说道。

那是半个小时的路程，来回加一起整整一个小时，只是为了买咖啡。这看起来挺傻的，尤其是当我们每天开车都会经过那个地方的时候。我们完全可以在那里停下来。从付出和回报的角度来看，这根本没有任何意义。这是一件没有效率的事，而我更喜欢高效率地完成所有事情。尤其是现在，当我们和父亲待在一起的时间已经所剩无几的时候，还要花一个小时来回散步，这似乎不太对。一个小时，失去了就不会再回来了。说实话，我并不怎么在乎待不待在外面。

但是我的母亲不一样。她需要到外面去。她需要出去做些事情，前往一些地方，和一些人交谈。如果整天困在房间里，她会疯的。

在最初的几个星期里，我们总是尽量提高做事的效率。我们在去医院的路上停下来买点心，然后在病房里和父亲待一整天。因此，在每天结束的时候我的母亲都会感到筋疲力尽，又累又烦又伤心。当然，这可能是因为我们每天都会来到这里，围坐在医院的病床边等待她的丈夫死去。但是我的母亲并不相信那将是最后的结局，至少不完全相信。

所以她做了一个改变。她开始每天散步，即使在她明显不想去的时候也是如此。就像那些下雨的早晨，他们一路顶着雨，鞋子上沾满了红色的泥巴。他们买了些烤饼和咖啡，笑着走了进来。从那以后，在每一天结束的时候，她便不再那么悲伤了，也不会像以前那样疲惫。

其实，这是一种让我感到嫉妒的逻辑思考方式。我的母亲了解她自己。她就像一个机械师，能根据发动机发出的声音辨别出汽车出了什么问题。她可以在出错的时候把它们修好。

>_

当我的母亲和弟弟在早上出去散步的时候，我和父亲便会一起阅读那些讣告。我们轮流把它们大声地读出来，他们的内容枯燥，而且有很强的重复性。你会重复地看到同样的短语。这些讣告明显是出于尊重和传统，却显得十分的公式化和愚蠢。“因此，人们会非常想念”，这也许是真的，但听起来像是你的亲人把昨天去世的人的讣告抄下来，然后念给大家听。

“他们可以直接这样写：‘这是讣告。’”父亲说。

“这是讣告。”我说，“这些是写在讣告里的话。谢谢你花时间来读我的讣告。”

在这些纪念的文章中，没有任何关于真实人物的东西。没有错误、遗憾、食言和愚行，也没有值得纪念的时刻、救赎和幸福。里面的语言对每个人来说都是一样的，只要用适当的数字来做填充的材料就够了，年纪、子女数以及达成的什么事。这就像大声地读出数据库中的文字，然后试图从这些数字中想象出一个真正的人一样。

事实上，可以编写一个计算机程序来生成它们，没有人会意识到其中的区别。一个八十九岁的女人，活得比丈夫时间长，有三个孩子和四个孙子孙女？没问题。

My @entire_human_life = (‘89’ , ‘F’ , ‘Stroke’ , ‘husband’ , ‘3’ , ‘4’);

我的整个人生=（“89”,“F”,“中风”,“丈夫”,“3”,“4”）;

“该死。”我的父亲今天指着一个名字说。这是一个很短的讣告，却含有比平常更多的陈词滥调，经过长期的癌症斗争，最后在亲人的包围下，在睡梦中去世之类的，正属于我们喜欢拿来取笑的那种讣告。

“被无名的亲人包围着。”我说道，父亲脸上的笑容却消失了。

“我和他是高中同学。”他说，“那时候我们是最好的朋友。”父亲念着上面的句子，“与癌症进行了长期的斗争。”他轻哼了一声，厌恶地把报纸扔到旁边的桌子上，就这样，我们的游戏结束了。

“我本来打算给他打电话的。”父亲说。

我不知道该说些什么。我不想说“我很遗憾”或其他任何空洞的安慰，因为我们每天都在拿那些话开玩笑。但我似乎应该说点儿什么。我想这应该就是那些陈词滥调的来源，是不是？有太多的人在不知道该说什么却又觉得有必要说些什么的时候说出了那些话。但是，当真的没有什么可说的时候，任何话都会是空洞而无力的。父亲正在为他失去的一段友谊而悲伤。这是值得伤心的事，所以我决定保持安静。我们就这样静静地坐着，而父亲一直看着窗外。

但最终，他没忘了我还在这里。他转过身来对我微笑，又拿起了讣告。

“好吧，下一个是谁？”他说。

“我们不必这样做。”

“别傻了，我们当然必须这样做。”他说，“这是为了帮助你将来为我写讣告而做的研究。除了你我还能相信谁呢？桑德，我还指望你别让任何人说我死在无名亲人的包围中呢。或者说，我失去了与癌症抗争的勇气。”

“我会告诉别人你赢了。”我向他保证道。

“没错！”他笑了起来，我喜欢父亲笑起来的样子，“你要告诉他们癌症已经死了。我完成了使命，我是个英雄。”

>_

开车的时候，我的母亲又开始了那个名为“小不点儿到底怎么了”的连环问题轰炸游戏。

“你有哪里不舒服吗？”

“你是在生气吗？”

“是什么让你生气了，西蒙？”

“你爸爸说什么让你感到不开心的话了吗？”

“还是你姐姐说了什么？”

与此同时，西蒙只是静静地坐在我的身旁，凝视着窗外。他比平时安静，双手还握着拳头，甚至在之前去洗手间的时候摔了门。不过所谓的摔门，也只是以他以往的行为为衡量标准得出的结论。他只是突然关上了门，而不是像往常那样小心翼翼地转动把手，然后让门轻轻地滑到完全关闭的位置上。尽管如此，我并不能因为直到西蒙大发脾气她才注意到这一点而责怪她。但既然她已经注意到了，就绝不会放着不管。

“发生了什么事吗？”

“你是觉得我们太把你当个孩子看待而不高兴了吗？”

“怎么了，西蒙？”

她从来不问一切问题的重点，像是：“是关于爸爸快要死掉的事吗？”“爸爸快要死了，这让你感到很伤心了吗？”或者是“爸爸快要死了，你生气了吗？”

这很合理，为什么要问一个你已经知道答案的问题呢？

不过，我猜那些也不是她真正想要问的问题。我的母亲真正想问的应该是：“我要怎样才能让你按照我的想法去做？哪个开关才能把你修好，让你不要成为我今天必须要处理的另一个问题？”

“你的胃不舒服吗？”现在，她开始重复她自己的话了。

如果我不管的话，这个游戏就会持续一整天。而且，我想我知道答案。

“他不喜欢那个护士揉他的头发。”我在后座上说。

“闭嘴。”我的弟弟对我说。

“什么？”

“那个护士，她每天进来都会揉他的头发。”我说，“她总是会给他额外端来一份食物，或者糖果。昨天她试着掐他的脸。”

“哪个护士？”母亲说道，“称呼我们所有人‘亲爱的’的那个？”

“是的。”我的弟弟说道。他仍然盯着窗外，而我能看到他脸上的泪珠。我不喜欢看到他这么沮丧的样子。

“我不明白。”母亲说道，“她看起来非常友好。”

“不管友不友好，谁能碰西蒙的头发应该由他自己说了算。”

“好吧，我明天会去找她谈谈。”她叹了口气。

西蒙坐在我的旁边，再一次陷入了沉默。

>_

第二天，当我们到达医院时，正好碰到了那个护士。她正从父亲的病房里出来。

“早上好。”当她看到我们时，说道。然后，她弯下腰对我的弟弟说，“早上好，西蒙。”她伸出手想要揉他的头发。

“我不喜欢被别人碰。”西蒙非常大声地说道。她的手僵在半空中，甚至连我的母亲看起来都被吓得不轻。

“哦。”那个护士笑了起来，“那没关系！”

“我知道。”西蒙对她说，“我知道那没有关系。应该由我来决定谁可以碰我的头发，而不是你。”

“那么，不管怎样，还是早上好？”那个护士又笑了起来。她的脸上满是令人尴尬的困惑，看起来就像是想要再次伸手摸西蒙的头来化解尴尬的局面似的。西蒙垂在两侧的手死死地攥着，他盯着她，而我从没看到过他对任何人露出这种眼神。

“西蒙。”我的父亲在房间里招呼道，他完全不知道发生了什么事，“要有礼貌。”

“我认为他很有礼貌。”我的母亲说道，她靠近她的儿子，看着那个护士，“谁能碰西蒙的头发应该由他自己说了算。”

>_

今天，当西蒙和我去自助餐厅取果冻时，我把电话留在了那里。房间里只有我的父亲和母亲。我们没有离开很长时间，所以我也没花太多的时间去进行抄录。除此之外，在西蒙和我上楼之前，还可以听到我的父母亲吻的声音。

“我爱你。”母亲说。她的声音非常轻，几乎轻到听不见。但即使我能从她的声音里听到渗出的泪水，那里面蕴含的情感却并不是悲伤。我不知道该怎么描述她的声音。然后是又一个吻，再之后是又一句的“我爱你”。

“我不怪你。”父亲说。

>_

我从未和我的母亲吵架。通常情况下，我只说她想听的话。即使我不同意她的观点，点头和微笑也总是比吵架来得容易得多。吵架有什么意义？来证明我是对的吗？不管对错，都不会对结果产生影响。她是母亲，而我是她的孩子，所以她总会以她的方式做事，几年前我就明白了这个道理。而现在，我成了一个与别人相处的专家，成了一个擅于说“好”的专家。

但今天早上是个例外。我做不到。我不能微笑着点头，然后说“好”。因为那一点儿都不好，我不想让我的父亲死去。

父亲不想让自己生命的最后几个星期在呕吐中度过。我理解他的想法。在最后一轮的治疗期间，有那么几次，他甚至痛得说不出话来，而我们只能坐在他的床边。他们现在提供的治疗比以前更加激烈，副作用也更加严重。但我不想让我的父亲死去。我不想让我的父亲死去。我不想让我的父亲死去。

我录下了互动的整个过程，而现在的我正在壁橱里，听着。我之所以称之为互动，是因为这甚至算不上一段对话。没有你一句我一句的语言上的交流，只有我一个人在大发脾气，像个孩子一样。我根本没有认真去听母亲的话，只是在等轮到我说话的时刻来临。

“即使治疗能给他更多的时间，但那挽救不了他的生命，桑德。”我的母亲说道。

“只要能赢得时间，那就是值得的。”

“不，不是那样的。”她努力保持耐心地说道，“不总是那样的。”

“简直是胡说八道。”我的声音越来越大，“这很难理解吗？他活得越久，我们和他相处的时间就越多。难道你不想和他多待一段时间吗？”

“我当然想。”母亲说道，“但并不是所有的事情只要考虑我自己就够了。”

>_

我又一个人坐到了黑暗中，盯着远处的大象。身后的门吱呀一声被打开，母亲坐到了我的身边，腿上放着一盘食物，手里拿着一杯酒。她坐得离我很近，但又没有近到让人感到不适。这是她用来对待生着闷气的我的独特方式。

“你错过了所有的乐趣。”她说道，朝着即将倾倒的房子望去。

“对于这一点，我不敢苟同。”我朝左边挪了挪，动作缓慢又虚假，比起真正的动作，这更像是一出笨拙的哑剧，无声地向她宣告她坐得太近了，这让我很不高兴。表演虚假到令人尴尬，而我只能惊恐地看着自己尴尬的演技。

母亲明显被我的动作逗乐了，而且并没有想要掩饰自己的情绪。

“就这么坐在外面盯着黑暗中即将倒塌的房子，是吗？”她说，“如果你愿意，我可以拿笔和纸来。你可以写一首诗，用那栋老房子来比喻你那颗可怜而苍老的心，正处在不可避免的时间的重压下被一寸寸碾碎。或者你可以把天空中的每一颗星星的名字写下来，通过给它们命名来确保它们永远不会被遗忘。这样，它们就永远不会像你一样被遗忘在这里，独自一人在寒风中瑟瑟发抖，你说是不是？”

我知道自己不是真的在生母亲的气。我爱我的母亲，而且每当她像现在这样将满满的笑意隐藏在声音里时，我对她的爱都会达到顶峰。但我也不想放弃我的沮丧。坐在这里让我感觉很舒服，就像我终于在正确的时间点体会着正确的感受。她会毁了这一切的，她会让我笑出来。

“我想一个人待着。”我对她说。

“你可以走过去，一直躺在那块地里，那儿的空间可大了！”她说。

“也许我会的。”我说。而现在我的声音里居然有了非常真实的“噘着嘴生气”的成分。这太可怕了，此时的我就像一个小婴儿，一个哭叫着闹脾气的巨型宝宝。我的精神又一次脱离了身体，看着自己像一个不可理喻的小婴儿一样闹着脾气，却无力阻止。母亲的脸上仍然带着笑容，看起来十分愉悦。这真让人恼怒，也应该让人感到恼怒。

“这是不是意味着你一点儿也不想吃马铃薯沙拉？”她说道。

>_

我们就坐在那里，看着那幢仿佛在跌跌撞撞地前行的房子。房子没动，但在它头顶的天空却在缓慢地移动。光线在变，房子周围的一切都在变化，而它只是坐在那里，什么都不做。

在我们的身后，在我祖母的厨房里，弗兰克叔叔正在表演纸牌戏法。他的声音传了出来。

“这是黑桃 J 吗？”他说，“不是？那你的酒杯下面是什么？”

一个声音给出了回答，但它轻得听不清。那是祖母的声音。

“这是一张名片！”弗兰克叔叔说道，“有意思。好吧，也许我们应该拨打它上面的电话号码，你说是不是？”

祖母又说了些什么，声音仍然轻得听不清。

“不，我是说拨打这个电话号码。”叔叔现在听上去有点儿沮丧了，“这是我的手机。好吧，我替你打。”然后，我们听到了电话铃声，但是没有人接，“你不接这个电话吗？”

“这太复杂了。”

“一点儿都不复杂，你只要接电话就行了。”

“这是个很棒的把戏，弗兰克。”我的祖母说，“能把我的酒还给我了吗？”

母亲坐在我的身边，把盘子端到我的面前。

“你确定不想来点儿吗？”她说着，吃了一口土豆沙拉，发出一种满足的声音。她的意图不是特别明显，但也足够明显了。她永远不会直接对我说“吃”，永远不会告诉我应该做什么，她不是那种唠叨的类型。但她的意图在某种程度上同样显而易见。难道她以为我不知道她在做什么吗？

在我还很小的时候，当我看到有人在电影里或电视节目中使用逆反心理来进行反抗时，我立马兴奋了起来。那时的我如获至宝，认为这个新发现的秘密正是我所需要的，以为自己终于能够占到上风，可以赢一次了。

但是当我试着用它来对付以甜食来威胁诱惑我的母亲时（“我甚至都不喜欢巧克力，我才不管这些呢。”），我发现，理所当然的，这成为了她的又一个逗弄我的方式。（“你不喜欢吗？哦，真可惜。除了这些我还买了两个巧克力棒，我想我只能把两个都吃掉了。”）我们两个都不想在这场假惺惺的表演中退缩，所以我只能快气疯了地坐在那里，看着我的母亲把两个巧克力棒都吃了。

她又吃了一口土豆沙拉，然后再一次把它端到我的面前。它的味道看起来确实很棒。

>_

“进屋吧。”我的母亲说，“进屋和你的祖母打声招呼，和你的叔叔们聊聊天，听听他们那些傻里傻气的笑话。只要一两杯酒下肚，你的祖母可能就会开始向我们展示她那些珍藏的勺子了。”

“嗯，让你抓到我的小辫子了。”我说，已经开始为自己语气中的苦涩感到懊恼了，“我唯一的弱点——收藏的勺子。”

“哦，我明白了。现在这么孤高冷傲的你已经不适合喜欢勺子了。我理解。”

“它们是勺子。”

“你祖母的‘勺子博物馆’肯定会是你所见过的最棒的勺子收藏库。”母亲说道，“她有一整排从老旧的精神病院搜集来的勺子。甚至还有一个勺子来自一座闹鬼的房子[①]。”

“什么，那部电影里的房子？”我不敢想象我的祖母居然会收集电影道具。

“是来自一座实际存在的房子，一座现实中闹鬼的房子。虽然她说她是在网上把它买回来的，但我不知道她具体是用什么买的。而那些还只是她会拿出来展示的勺子。有且只有那么一次，她向我展示了一个曾被人用来当作凶器的勺子。她没告诉我那个杀人犯是谁，也没说她是从哪里得到它的。它看起来甚至一点儿都不旧，就像崭新的一样。为了保护它，她用塑料把它整个包了起来。”

---

① Horror house，同名电影作品《恐怖屋》，于2008年上映。

她停了下来。

“我说得太多了。不管怎样，进来和你古怪的家人一起待一会儿吧。”母亲说，“你不能整晚都一个人待在这里，任由你的脑子在月光里发酵。”

“我能。我能，而且我也正有此打算。”

>_

“那这样吧。”我的母亲说，“如果你答应今晚不做个扫兴的家伙，而且多陪你弟弟一会儿，我就告诉你一个我从来没告诉过任何人的秘密，怎么样？”

扫兴的家伙。屋子里的暖光和嘈杂的声音照亮了母亲一半的脸庞，而另一半则被隐藏在昏暗的夜色中，偶尔掠过一两只逆光飞舞的小虫的影子。她表情严肃地看着我，但又不是特别严肃，反正那种严肃从未渗入到她的眼睛里。对于我的母亲来说，一切都充满了乐趣，这有时会让她变得很难接近，让人很难去了解她到底是一个什么样的女人。她总是笑着。

不过，我确实喜欢秘密。

“好吧。”我说。

“你会进屋，努力扮演一个会微笑的真正的人类女孩儿吗？”她现在完全是在拼命地维持自己严肃的假象了，假装正在与我谈判。然后突然之间，一个有意的裂缝让面具下的温暖露了出来，“我喜欢你的笑容，桑德，每个人都喜欢。每当你笑起来，都会让我想起你还是个婴儿时的样子。那时的你想在哪撒尿就在哪撒尿，无论你在哪里，又或是正被谁抱在怀里。全世界都是你解决生理问题的理想场所，而没人会为此抱怨。别吝惜你那灿烂的笑容，你应该多笑笑，这样即使被尿在身上，你的受害者们也会跟着笑起来的。没人能抗拒你的魅力。”

“好吧，我会进去的。”我说着，努力忍住笑，“你的秘密是什么？”

“让我告诉你……”她悄悄地往我身边凑了凑，“我最喜欢这个房子的地方是那个池塘。”她用拇指指了指它所在的方向，“那里长满了芦苇和高草，我简直爱死它了。那里有巨大的蜻蜓，还有各种各样的小生物。那儿有一个小码头，夏天可以用来钓鱼，冬天我们就穿上溜冰鞋，坐在上面系鞋带。那是你爸爸第一次带我回来见他母亲的地方。那是小时候的他最喜欢待的地方。自始至终，它一直都在那里。”

“然后？”

“然后，在你出生的两年前，我淹死在了那个池塘里。我喝醉了，还蠢到跑到那个池塘里游泳。我的脚被水草缠住，溺水，然后死掉了。”

“就像电视上演的那样？”我问，但她并没有回答我，“就像急救人员告诉你，理论上你整整死去了两分钟，然后你看到隧道的尽头有一道白光，一张长着胡子的脸出现在星空上，又把你召唤了回来？”

“我死了一整天。”母亲说，“醒来的时候正躺在停尸房的金属床上，不停地往外咳淤泥和水。”

“好蠢。”我对她说，试图弄明白这个玩笑的用意。

在路的对面，昏黄的灯光从大象的一扇窗户中透出，然而车道上并没有车停在那里。

“没有什么是会真正死去的。”母亲说。

她冲我眨了眨眼睛。

>_

在一段录音里，他们一直都没有说话，直到最后。你可以听到他们的呼吸声，除此之外，我想你还能够听到我母亲哭泣的声音，尽管我并不能确定。她发出了一声抽噎，但只有一次，所以也可能只是流鼻涕。那之后便是全然的沉默，然后我的父亲清了清嗓子，他的声音听起来也像是刚哭过。

“你总是带给我快乐。”他说。

我不应该在不经他们的同意下把这些录下来，但到了现在才要喊停已经太迟了。这些将全部被装入病毒里。鬼魂本来就应该充满了秘密，不是吗？而且，通过记录每一个人，也让我慢慢了解了每个人面前的各种不同的他。西蒙面前的他，母亲面前的他，还有弗兰克叔叔面前的他。

“你得癌症了吗？”我的父亲说。每次弗兰克来看望他时，他都会开同样的玩笑。

“不，还没有。”

“好吧，别担心，你会的，也许明年就轮到你了。”

“又或者这跟遗传基因没关系呢？”弗兰克说，“也许它跟功绩和荣誉有关系？”

然后他们就会一起笑起来。

但是那些只有父亲和母亲单独在一起时的录音听起来才是最私密的，最重要的。我现在已经很擅于隐藏自己的手机了。

星期一：

“我希望我能和你一起离开。”母亲说。

“我不是要去哪。”父亲说，“我是要死了。当我真正死去的时候，一切都将尘埃落定。那就是最后的结局，眼前一黑就什么都不知道了。”

“我知道。”母亲说，“我只是说那听起来很不错。”

星期四：

“我想让桑德为我写讣告。”父亲在录音中说，“我已经问过她了。”

“不是弗兰克正在忙这些事吗？”母亲的声音说道，“我还以为你们之间的关系已经有所改善了。”

“是变好了没错，但我想让桑德写讣告。”

星期五：

“亲爱的，今晚我来不及回来看你了。”她说。

“那么，我想这就是永别了。”

“永别了。”母亲说。

我想我应该为我母亲说的那些悄悄话感到嫉妒，但是我没有。

“那么，我想这就是永别了。”我一遍又一遍地重复播放着。

“永别了。”我的母亲说，“永别了。永别了。永别了。”我听了一遍又一遍，直到它不再具有任何意义。“永别了。”

>_

在车里，我录下了西蒙和我母亲一起唱的歌，是那首小不点儿永远也唱不腻的布偶歌[1]。这段录音并不十分干净清晰，你可以听到汽车平稳行驶的噪音，还有偶尔经过路上的小坑，车子弹跳时发出的重音。但你也能听到我母亲的笑声和西蒙近乎喊叫的歌词："嘛哪嘛哪！嘟，嘟嘟，嘟——嘟嘟——嘟嘟——"在去塔塔马

---

① Muppet Song (Mah-na-mah-na)，儿童节目《芝麻街》中曾使用的歌曲。

古什的路上，一遍又一遍地重复着。这些是值得被记录的东西。西蒙坐在后座上，声音越来越大，“嘟，嘟嘟，嘟——嘟嘟——嘟嘟——”

“好了。”母亲终于开口说道，“行了，够了。‘嘛哪嘛哪’就此打住，不然我就要疯了。”

“那我们唱什么？”小不点儿问。

“唱点儿别的什么，说真的，只要别是这首就行。也许我们可以唱一首安静点儿的歌？”

短暂的停顿过后，小不点儿开始尽力模仿伯特[1]的声音，小声地唱道：“戴上我的帽子，围上我的围巾，我已盛装打扮……准备出发——[2]”

当我们到达医院时，那名护士刚好在那里。她看到我们，从服务台后走了出来。

“我们一直在给你打电话。”她说。

“我们没有接到——”我的母亲说道，但当她意识到

① 儿童节目《芝麻街》中的布偶角色。

② 歌名为 All Dressed Up，儿童节目《芝麻街》曾使用的歌曲。

发生了什么事时，她停了下来，“哦。”

“我很遗憾。”那名护士伸手想要触碰母亲的手臂，但母亲后退了一步，“我很遗憾，他已经离开了。”

我们的父亲已经死了，她说。

然后，她开始反反复复地重复这句话。

>_

那个护士说话的时候，母亲只是静静地听着，一只手保护性地环着西蒙的肩膀，另一只手牵着我。我想要试着回握她，却感到所有的力量都从我的身体里消失了。西蒙和我都没看向那个说话的护士，而是望着我们的母亲。

我们的母亲直直地盯着那名护士，样子看起来几乎像是生气了。最后，那名护士终于停了下来，告诉我们她必须去把医生找来。

“他想要和你谈谈。”她对母亲说。

“当然。”母亲说，“好的。”

我们看着那个护士回到服务台后面，拿起电话。她的视线一转到别处，我们就离开了。母亲把我们带去了女洗手间，推开门领着我们走了进去。她松开了手，发出一声喊叫。西蒙吓了一跳，而我差点儿笑了出来。我感到惊恐和不安。她又叫了一声，然后开始哭泣。哭声震耳欲聋，样子也很难看，而且比起刚刚的喊叫，此时的声音听起来更像是抽噎啜泣，仿佛马上就要窒息了。她顺着墙滑了下去，坐到了洗手间脏兮兮的地上。西蒙和我就这样站在那里看着她一直哭。我一直期望西蒙也能开始跟着哭，但他和我一样，只知道傻傻地站在那里。我不知道应该怎么办才好，西蒙也是。我们就站在女洗手间里，看着我们的母亲坐在地上哭泣，直到她的脸上糊满了眼泪和口水。

她哭得撕心裂肺，好像我们根本不存在一样。

< 4 >

“没有我们陪着，他难道不会感到孤单吗？”

>_

在以几百磅肉、骨头和肌肉为背景的情况下，它们的眼睛当然会显得温柔多了。

那些牛正等着和我们一起去冒险。和这些动物站在一起时，西蒙看起来显得更小了。我想象着他骑着其中最大的那头牛的画面，穿着他的纽扣衫骄傲地坐在它的背上，微微端起他那单薄的小肩膀。为什么没有关于孩子骑着牛的传说呢？我觉得应该有。我们可以骑着这样的巨兽去征服整个大陆。

“我们应该给它起个名字。”小不点儿说，一只手抚摸着一头巨大的牛。我之前一直不敢碰它们，不过现在敢了。这头牛没有扬头或者猛然拱起身子，也没有打响鼻或是发出磨牙的“咔咔”声。它只是以一种巨人般的冷漠态度接受了我的触碰，就像一台巨大的机器。我尽量不把它当作肉、骨头和肌肉的愚蠢的集合体，也尽量不把自己看作肉、骨头和肌肉的愚蠢的集合体。

“这个生物将被命名为莉迪亚。”我说，“她将被称为毁灭者莉迪亚。烈焰莉迪亚，我们将一起把乡村烧成一片焦土。”

“刺青女郎莉迪亚[①]！”西蒙说道，然后他唱了起来，“莉迪亚，噢，莉迪亚，你见过莉迪亚吗？刺青女郎莉迪亚！”

“她有着令人爱慕的眼睛。”我跟着唱道。

“还有更加迷人的身躯！”

这个星期，我们每天下午都会骑着自行车在那条红

① Lydia The Tattooed Lady，歌曲名；演唱者鲍比·肖特，小酒馆爵士乐表演者。

色的路上跑来跑去。我们去了马拉科什圣经营，去了盐矿纪念馆，还去了教堂、海滩和码头。我们碰触每一个龙虾捕捉器，爬进每一艘被遗弃的小船。我们一起爬到谷仓顶上，把鞋子搭在金属栏杆上，手指扣弄着柳钉，一坐就是几个小时。

我们本来是不应该如此靠近这种大型动物的，但又有谁能来告诫我们呢？这里又没有告示牌，也没有人看到我们在这里。我们的祖母正在忙着她自己的事情，而母亲则不肯离开她的房间。现在没人有闲心管西蒙和我，我们自由了，只需遵从我们与生俱来的直觉。

>_

我们在葡萄园中来回游荡，头顶上是一排排顺着架子长得比我们还高的葡萄藤。我们分开走在不同的葡萄廊中，这样我们就只能听到对方的声音，却看不到对方。西蒙的声音现在听起来很大，也很有力度，而且每一天都在变得更加自信。我们现在整天都待在一起，只有我们两个人，一起聊天，又或者开一些愚蠢的玩笑，以此来填充我们共同度过的时间。

今天，每一排葡萄藤下的泥土的颜色都要比往常深，由于早上刚下过雨，所以仍然是湿的。这个葡萄园和祖母家的房子之间隔了三块地，无论是去往更远的地方还是骑着车往回走，我们通常都会在这里作短暂的停留。这对我们来说就像是一个中途加油站。这里的葡萄酸到不能吃，但我们每次都忍不住想要尝一下。

“我知道爸爸收藏的那些刀被放在哪里。”我说道，“客厅里的小桌子实际上是一个箱子。他的所有收藏和他的猎枪都被放在那里面。等我们回到家，我就要去拿一把出来。”

“哪一把？”我的弟弟问道。

“我不知道，我还没决定呢。”我说，“我要拿最有爸爸的感觉的那把。”我试着回忆他曾经展示给我看的那些刀，回忆它们的形状和大小。我记得有一把很大的军用刀，有点儿像兰博刀[①]，还有一把弹簧刀。哪一把最酷？哪一把是父亲的最爱？我敢肯定，除了这些之外还有很多，我只是无法想象出它们的样子。现在，我只能想起父亲脸上那又大又傻的笑容，“你也应该拿一把，西蒙。他肯定希望你也有一把。”

“我们应该问问妈妈。”我的弟弟说。

我闭上了嘴，什么也没说。

---

① 一种长约 14 英寸的长刃大猎刀。

>_

“快到午饭时间了。”我的弟弟说。

当我们从一排排的葡萄藤下走出来时，远远地，我听到了引擎的声音。事实上，是两个引擎的声音。一对摩托车正沿着田地在公路上朝北面行驶，路的尽头是一处弯道。西蒙和我站在开阔的道路边享受着阳光，一路凝视着他们消失在路的尽头。我们并不赶时间。

我们的自行车还在原地，歪歪扭扭地立在田间的草地上。我们又一次肩并肩地把它们推上了公路。它们其实并不属于我们，而且对于我们来说太大了，西蒙甚至都够不着车座，必须站起来才能踩到踏板。而我的这辆车把的末端有着长长的流苏。我不知道它们以前属于谁，也许是十几岁的父亲和弗兰克?

“你们只能骑到那个弯道那里。”一天早上，当我们向祖母问起靠在树上的那两辆自行车时，这是她给出的唯一的回答，“或者往西到圣经营那里去。”

从葡萄园回家的整个路上，我的自行车都在不停地发出刺耳的尖叫声，而被西蒙别在后轮上小丑牌[①]被风吹得呼呼响，听起来像一个玩具引擎。它们太老了，而且状态不太好，但好歹还能骑。我们骑着它们游遍了整个马拉科什。

在去医院看望父亲的那些日子里，我们一直有着确切的日程表。而现在，蓝色的天空、红色的土地以及中午的三明治，这就是我们所拥有的一切。

我们小心翼翼地把自行车靠回车道旁的大树上，然后走进厨房。今天的午饭是金枪鱼沙拉三明治，里面夹

① 即扑克牌里的大小王牌。

着小片的生洋葱；还有一小杯牛奶，小小的玻璃杯上印着扑克的图案。我们的母亲不在这里，她仍然在自己的房间里。

“我会给她送一个三明治过去。”小不点儿说道，但祖母只是摇了摇头。

“她只是需要一点儿空间。”祖母说，“等她准备好了，就会出来吃东西了。”

>_

吃完午饭，我们走到母亲的房间门前敲了敲门。

“你想要去散步吗？”我隔着门问道，“我们今天在水边看到了蓝鸟。”

“有两只呢！”弟弟说道。

“现在不行。”母亲说道，声音给人一种很遥远的感觉，“以后再去，好吗？”

“或者我们可以去挖蛤蜊！”西蒙说，“在沙滩上！”

没有回答。我们就像两个傻瓜似的站在那里。

“莉迪亚，喔，莉迪亚。”我轻轻地开始唱道，“你见过莉迪亚吗？”

“刺青女郎莉迪亚！”西蒙跟着唱了起来。

“她有着令人爱慕的眼睛。”我们对着紧闭的房门唱道，“还有更加迷人的身躯！”

>_

母亲也没有下来吃晚饭。小不点儿和我坐在餐桌上，面前是祖母分给我们的黑面包和可乐，她为我们和她自己准备了一模一样的食物——猪排、豌豆、土豆泥和烘豆。她没有坐下。当她将装着可乐的玻璃杯放到我们面前时，突然想起自己忘记了开胃菜。

我喜欢祖母做的食物，简单又符合标准。猪排、牛排或是火腿，每顿饭都有烘豆和用来舀起它们的黑面包，而在盘子的另一边，总是会有一小块开胃菜。她的食橱里总是堆满了装满豆子的罐头和用来腌制绿番茄的玻璃罐。除此之外，还有她每天下午为我们准备的果冻，用来当饭后甜点。

“你们今天下午去哪了？”她一边忙着一边问道。

“我们去了码头。”小不点儿说，“我们想要挖蛤蜊，但那里的蛤蜊太小了，还都是小宝宝。”

“而且今天早上，我们看到了蓝鸟。”我说。

“我喜欢蓝鸟。”祖母说道。她把壁挂式电话的听筒拿下来放到柜台上，然后走到餐桌旁，终于坐了下来。

“为什么你每天都要把电话的听筒拿下来？”西蒙问她。他正在努力地往棕色的面包片上涂更多的人造黄油。

“因为在这个世界上，没有比和我的孙女孙子一起吃饭更重要的事了。”祖母说。

把胡椒粉和盐撒到食物上，她拿起一把黄油刀，也开始努力地往棕色的面包片上涂人造黄油，动作与西蒙如出一辙，然后抬起头来朝我们微笑。

“而且它很烦人。”她说道。

>_

我把访问我电脑上的所有录音的方法告诉了西蒙。每一次他请求我为他播放录音，我都会坐下来为他选择录音文件。这让我产生了一种奇怪的感觉，就像是我在决定他应该在什么时候，要记住什么。所以，当他又一次提出请求时，我便让他自己坐到电脑前，告诉他数据库在哪里。我把浏览条目和搜索特定的单词的方法教给了他，还向他展示了各种不同的标签，“西蒙和爸爸”“妈妈和爸爸”“弗兰克和爸爸”“我和爸爸”“只有爸爸”，每一种标签都代表着不同的内容。

我教他如何利用“内容”来列出条目。

“私人笑话”“讣告计划”以及“温暖，温暖的天气”。

我把一切都教给了他，包括如何制作他喜欢的文件的播放列表，如何让它们循环播放，如何修复时有发生的音质问题，如何保存他的播放列表，如何给播放列表命名。我的弟弟从来不需要我把同一件事解释两遍，我甚至都不确定他是否需要我的解释，但他总是会安静地坐在那里，耐心地听我说完。在我离开之前，他就已经开始创建属于他自己的播放列表了。

他的手在笔记本电脑的触摸板上显得那么小。

而那是一个星期之前的事了。

从那以后，他几乎整晚都不睡。我们仍然会在熄灯后聊天，话题有时是关于电脑的，有时是关于我们的母亲，或者父亲的。但他不会再在我们说话的时候睡着了。相反，我成了那个说着说着就睡着的人，总是在他的声音里陷入沉睡。西蒙却仍然醒着。当我早上醒来时，总会看到壁橱的门开着，笔记本电脑也被动过。而我清楚地记得自己在睡前收起来的耳机，也被插回了电脑上。

>_

西蒙昨天晚上根本没有上床睡觉，而是睡在了地毯上，半个身子仍然留在壁橱里，半个身子耷拉在外面。耳机线胡乱地缠绕在他的脸上。他正以一种他独有的安静又脆弱的方式小声地打着呼噜，即使在睡梦中，他也还是这么腼腆。

我从上铺爬了下来，不堪重负的双层床发出吱吱嘎嘎的响声。

我知道他每天晚上都在做些什么，他在听父亲的声音。但我还是很好奇，想知道他都打开了哪些录音，具体是哪一个笑话，哪一段对话。我想知道当其他人都睡着的时候，是什么能让他感觉好一点儿，是什么能让他感到安心。

他看起来是那么的小，在仍然开着的电脑前蜷缩成小小的一团。屏幕已经进入了休眠，但当我轻轻按了一下键盘之后，它马上恢复了工作。

列表里有六段标签为“西蒙和爸爸”的录音，都是我偷偷录下的。我轻轻地提起耳机，把它们塞入自己的耳朵，然后点击播放。

“你相信有天堂吗？”西蒙问道，而你几乎可以听到我的父亲在摇头。

“不，我不相信有天堂。”他回答道。

之后有一段很长时间的停顿，明显是西蒙在努力消化刚刚接收的信息。“那你相信什么？”最终，他说道。

“我相信死亡就是一切的终结。”又是一段很长时间的停顿，然后你可以听到我的弟弟开始哭泣。起初是抽噎，之后渐渐变成了啜泣。于是父亲开始轻声地安慰他，“嘿，孩子，嘿，我们还有时间能像现在这样在一起，这已经是非常幸运的事了。试着换个角度想想！我们的运气可真好。”

播放又持续了一会儿，但后面只有一片死寂。

>_

“桑德。”

我的弟弟正趴在上铺的梯子上，摇了摇我的肩膀。屋外阳光明媚，我一时有点儿搞不清现在是早上，还是自己刚从午睡中醒来。他又摇了一下我的肩膀，尽管我已经睁开了眼睛，而且正看着他。很显然，我已经醒了。

“你想要什么，西蒙？”

“我想我们应该为妈妈做一个播放列表。”他说，“我们可以在笔记本电脑的扬声器上播放，这样她就可以听到了。也许这能让她感觉好一点儿，就像你和我一样。”

于是，我们一起坐了下来，开始为我们的母亲制作播放列表。我们做了一个混合着各种玩笑、笑声、问好和道别的播放列表，我把所有的东西都混到了一起。

首先是父亲的声音，大笑、开玩笑、做出承诺、戏弄西蒙，然后加入了母亲的声音，再然后是西蒙和我。我们一家人聚在一起，讨论着最愚蠢的话题，像是我们到底应该买多少杯咖啡，谁忘了给父亲带书，又是谁应该去给父亲再取一些碎冰。

我们都笑着一遍又一遍地说着“永别了”，就好像这句话根本不具有任何意义一样，因为在那时，它确实没有任何意义。

>_

西蒙和我坐在她房间门外的地毯上，背靠着楼梯的栏杆。我把笔记本电脑扬声器的音量一路往上调，西蒙按下了播放键。第一个出现的是父亲的声音。

“哎呀呀。”他说，“看看谁来了？我美丽的妻子和可爱的孩子们。”他停顿了一下，然后继续说道，“你们是怎么通过安检的？”

每当一段录音结束，下一段录音开始时，都有一个小小的音频被切断的声音，然后音质就会随着音频的替换而发生改变。

“我们得给那个护士起个好一点儿的昵称。”我们的母亲在录音中说。

“那‘大角鹿’呢？”我的弟弟说。

“大角鹿？”

“是啊，就像这样，我不是一个‘亲爱的’，而你是一只‘大角鹿’！”西蒙解释道。

“西蒙，我完全不明白你刚才说了什么。”父亲的声音说道。

接下来是：

“谁能碰西蒙的头发应该由他自己说了算。”我们的母亲语带挑衅地说道。

然后是下一段：

“为什么那只猫从不来看我？她生我的气了吗？”父亲非常认真地问道。

“你知道为什么。”母亲以同样严肃的声音说道，“你知道你自己都做了些什么该死的好事。”

又一声剪辑的声音：

“嘛哪嘛哪。”

“嘟，嘟嘟——嘟，嘟嘟——嘟嘟，哒哈，嘟嘟——嘟嘟，哒嘶，嘟嘟——嘟——”

母亲的笑声。

“别再唱了！”她笑得喘不上气，“快停下！”

“嘛哪嘛哪！”

“我会直接把车开到桥下去的。”母亲说道，仍然止不住笑，“如果你们再不停下来，我发誓我一定会把我们三个害死的。”

“你那是在笑吗？你不能因为我的笑话发笑，我可是快要死掉的人！”父亲的声音说道。

“我们都知道你就快要死了。”母亲说道，“上帝啊，我们知道，我们知道啦。这真是太令人感到悲伤了。你怎么会觉得我们是在假装你的笑话很好笑？”

剪辑的声音，之后是下一段，又一段。

我和西蒙坐在客厅里，不停地用笔记本电脑播放着录音文件。门的另一边没有任何回应。

>_

祖母总是等到我们不在父亲身边的时候前去探望他，就像在和我们轮班一样。她喜欢单独和他在一起，而医院似乎从来没有打扰过她的探视时间。

我完全不知道他们会说些什么。

我没有单独录下祖母的声音。我们之间其实并不怎么说话。我坐在前门台阶上的那天晚上，虽然母亲让我去问她收集勺子的事情，但我从来没有这样做过。当我现在回想起来，在记忆中寻找她说过的话时，我所能记得的全部语句都是一些简单的问句。那些都只是一些实用的日常互动，以确保西蒙和我能够吃饱、不挨冻、感到舒适以及及时拥有我们需要的东西。

我虽然没有录下祖母的声音，但我会录下大家都在屋子里一起用餐时的声音，而通常情况下，她都会和大家一同坐在餐桌上。大家一起哈哈大笑，整个屋子里都吵吵嚷嚷的。祖母的声音虽然不会像弗兰克叔叔和乔纳叔叔那样出现在录音里，但她是母亲在说脏话之后低声说“抱歉”的原因；她是早餐时间我逗弄小不点儿时，麦片被倒进碗里的声音。你又怎么能把它抄录下来？

只有当她打电话时，我才有机会真正听到她讲话，但她说的话我一点儿都听不懂。她说的是法语，每天晚上都会跟家人通话。她的兄弟姐妹们生活在南岸，她每天都要和其中的一个或两个说很久的话，连串的法语中总是夹杂着英语短语和脏话。我以前从来没有听到过祖母说脏话，但在电话里，她像父亲一样说着“操”和“妈的”。

有一次，我看到她在厨房的桌子旁翻看父亲小时候的照片，当我叫她时，她抬起头来，但她一开始似乎并没有看到我。而我们只是傻愣愣地站在那里。一分钟后，她低声骂了一句“妈的”，然后迅速擦掉眼泪，开始努力地冲我们微笑。那是我唯一一次亲耳听到她说脏话。

>_

“弗兰克和乔纳不在，这里就安静多了。”我的祖母昨天说，“我很高兴弗兰克和你的父亲有机会和好。”

这是第一个也是唯一一个关于弗兰克叔叔和我的父亲之间曾经关系紧张的暗示。我已经习惯了人们说些我不太懂的话，暗示着那些我一无所知的往事。

但这是她在我的录音中说的最有趣的一件事。它不是向我们提供食物，或者询问我们舒不舒适，而是一个信息，是一个观点。这是祖母的内心中，我们得以窥探的冰山一角。当我们坐在门前的台阶上时，她几乎像是在自言自语地吐出了这句话。西蒙就在我们旁边，跪在巨大的前窗下的泥土堆里。

我的手机里之所以存有这段录音，完全是因为当时西蒙正在唱着另一首歌。我想把它录下来，到了晚上在门外播放给母亲听。

“他们谁都不肯放弃。”祖母说道，“那是他们从你们祖父那里得到的东西，所以我没法干涉。这就是男人们和他们的原则，世上明明还有很多比所谓的‘正确’更加重要的东西。”

“他们为什么要吵架？”西蒙问道，他在这段录音中的声音很小。

祖母却没有继续说下去。

>_

昨天一整天，我一直在设法让祖母继续和我们说话，诱哄她说更多我能录下来并进行抄录的句子。但我得到的所有回答，还是只有日常互动之类的短句。“准备好吃果冻了吗？”“再添点儿水？”以及“现在是六点，桑德，亲爱的，为什么你老是问时间？是和谁有约了吗？”

最终，还是西蒙让她开了口。

“奶奶，你多大了？”他说。

“我七十一岁了。”她说，然后笑了起来，“但我一点儿也没觉得自己已经七十多岁了！”

“你看起来真年轻！”我的弟弟非常严肃地说道。

“我一直都觉得自己很年轻。”她说，“很久之前我就已经不再觉得自己老了。”她又笑了起来，但只是昙花一现。虽然那并不是伤感的笑容，但它的一闪而逝却会让人感到悲伤，“我以前以为，年过四十就已经算是老人了。当我四十岁时，我住在一个小镇上，一边养育着孩子，一边拨弄着花园里的花花草草，有时也会去教堂参与义卖。我开始担心自己正慢慢变成我的母亲，我从没想过自己会变成那个样子。我以为我的生命就此结束了。”

手机发出了一声沉闷的杂音，这是我设定来提醒自己手机正在正常录音的提示音。

“我的姐妹们都很担心我，她们说我看起来总是很不开心，而事实确实如此。所以，在那个春天，她们带我去了拉斯维加斯，那趟旅行棒极了。我很兴奋，因为我以前从来没有出去旅行过。那是我第一次去美国，而且我和我的姐妹们在一起时总是会玩儿得很开心。拉斯维加斯简直是我们的完美天堂。我们喝酒、赌博、抽烟、穿短裙，还像水手一样脏话连篇。我们像十几岁的小姑娘似的在那里撒欢儿。”

她大笑起来。

“后来我和一个穿牛仔服的女孩儿打了起来，害得我们被赶出了赌场。他们对我们下了禁令，不许我们再进去。那真是太有趣了。即使第二天早上我经历了史上最强烈的头痛，我也觉得值了。”

“你和一个穿牛仔服的女士打架了？”西蒙瞪大了眼睛。

“我把她推倒了。”祖母大笑道，“就像我的兄弟们曾经开玩笑时说的‘翻牛’①那样。抱歉，我推了一次又一次，我不知道自己为什么会想到那个。”说到这里，她的声音停顿了一下，“等到十二月份，你们的父亲就满四十岁了。”

---

① 都市传说中偷偷溜到毫无戒心或睡着了的直立的牛身边并将之推倒的娱乐活动。

>_

“当你用完这些文件之后，你得把它们全都关掉。”我说道。

现在，我每次激活电脑都会看到西蒙留在桌面上的一打没有关闭的文件，然后我只能花费一半的时间来清理他留下的烂摊子。

“我很抱歉。”他说，“我马上把它们关掉。”

“没关系，这次我来关吧。”我把文件一个接一个地关掉。西蒙走了过来，站在我的旁边看着。在所有的声音文件下面，有一个打开了的单独的文本文件。那是一段关于父亲与西蒙、母亲和我的对话的病毒程序。我知道自己不可能忘记把它关掉。我一直很小心，把它们放在他看不到的地方。但现在，它就在这里。

一定是他找出来的。

“这是什么？”他问道，而我把一切都告诉了他。

我把我对这个病毒寄予的所有期望和愚蠢的想法告诉了他。我告诉他那将是我们父亲的灵魂，将是他的记忆，他声音的回响。我告诉他这个病毒不会造成任何的伤害，并不是所有的自蔓延代码都是恶意的。父亲的病毒不会删除任何文件，也永远不会窃取任何密码或窥探陌生人的生活。它的蔓延不会像癌症那样造成破坏，而是一种故事的延伸。它将会通过光纤越过海洋，会像无线电波一样悄无声息地穿过房屋的墙壁。这是一个在计算机之间暗暗讲述和传承的鬼故事。

一口气把一切都倾吐出来，我很高兴自己终于可以把这个秘密说给另一个人听了。

西蒙认真地听着每一个字，然后，他把这一切都毁了。

“没有我们陪着，他难道不会感到孤单吗？”我的弟弟说道。

>_

西蒙有很多关于他和父亲一起做蠢事的故事。当母亲和我不在的时候，他们曾经花了一整个周末的时间来研究把不同的东西放进微波炉里会发生什么事。我们的新微波炉已经打开并安装好了，旧的那个本来是应该和星期五的垃圾一起丢掉的。他们用微波炉加热所有他们能想到的东西，像是冰块、葡萄、光盘，甚至还有磁铁，然后对着那些火花、“噼里啪啦”的声音或是另一个人脸上惊呆的表情哈哈大笑。

“答应我永远不要把这事儿告诉你的妈妈。”父亲说，“如果让她知道我们在她不在的时候做这种事，她肯定会气疯的。”

我还以为我的病毒是一个完美的计划。但只用一个问题，西蒙就改变了一切。这个问题是多么的愚蠢和明显。

“没有我们陪着，他难道不会感到孤单吗？”

没错，就是这个问题。

于是我们开始通宵工作。我们把所有的录音文件都重新听了一遍，把每个字都抄录了下来，其中包括我、妈妈、西蒙还有弗兰克。这一切都将被编入病毒。它应该把我们所有人都包括在内，使我们永远在一起，共同生活在陌生人的硬盘里。这应该是我们全家人穿越永恒的回响，唱着愚蠢的布偶歌，因为某个人发错音而哄堂大笑。

如果故事里只有父亲一个人，那么这就会是一个不完整的故事。如果他的灵魂将在电脑里继续活下去，他的笑声和话语将继续不断回响，那就不该只剩他独自一人自言自语。母亲的声音应该陪伴着他。

还有我弟弟的声音。

还有我自己的。

>_

等到太阳慢慢爬上山，我们已经筋疲力尽了，但病毒却已经准备就绪。所有的录音都被抄录了下来，我们全家都被容纳到了病毒里，现在，这是一个囊括了我们所有人的病毒。

我已经把它设置好了，这样只要西蒙按一下键盘，它就可以进入这个世界。他不需要理解代码的运作，不需要知道它是如何进入其他系统的，也不需要知道它会以邮件为感染媒介，将自己发送到其他人的电脑上。

“你只需要按一下回车就行了。”我对他说。

“这样爸爸就可以无处不在，永远活着了吗？”

“我们都会的。”我说。

西蒙想了一会儿。

“我们可以一起按吗？”他说。

于是我们同时伸出手，按下了键盘。脚本开始执行，老旧的硬盘在运转时发出安静的嗡鸣，但仅此而已。屏幕上唯一的输出显示就只有一个简单的确认对话框——“完成”。

西蒙期待地盯着屏幕，但它没有发生任何变化。

“只有这样？”他说。

>_

之后，我们沿着走廊走到母亲的房间。

她的门下没有透出光来，所以我们想她可能还在睡觉。不管怎样，那是我们的理论之一，那就是她一直在睡觉。不过西蒙在三个小时前听到了她冲马桶的声音。有时，西蒙会看到她，有时则是我能抓住机会瞥她一眼。幸运的话，我们会得到一个拥抱，一个落在额头上的疲惫的吻，还有随着离开视线的身影慢慢飘远的“我爱你”。

也许她喜欢我们做的那段录音，也许她不喜欢。也许她希望我们不要在她努力想要睡着的时候一遍又一遍地唱同一首歌。不管怎样，她没有给出任何的暗示。但那些歌并不是重点，那些录音也不是重点，重点是让她知道我们一直在这里。一直在等她做好准备，回到我们的身边。我们并没有因为她就这样转身离开而生气或沮丧，我们永远也不会放弃她。

西蒙打开笔记本电脑，把它转向母亲的房门。我们已经把所有的录音都排好了顺序，准备把它们全都播放出来，播放每一段被放入病毒的录音，每一个即将传播到全世界并不断回响的单词。父亲的声音，母亲的声音，还有我们自己的声音。有时我们的声音清晰而完美，轮流地说着话；有时则会从模糊不清的嗡嗡声猛然跳到一阵猛然在病房里爆发出的笑声。我们都将它们一一播放。

我们筋疲力尽，却又因为我们所做的一切而兴奋不已，我和弟弟靠在栏杆和廊壁上，一边播放着录音，一边说着笑着，开着那些玩笑的玩笑，隔着母亲的房门告诉她病毒的事情，告诉她父亲的灵魂的事情。

是的，也许这一切都蠢透了，也许它根本就不会如预期的那样运行，也许把我们所有的声音都记录下来，然后再将它们一一转录的我们像个十足的傻瓜。我知道它救不了我们的父亲，它不能使他复活。不管我们把声音调到多大，他都已经离开了，也听不见了。

但是，我们的母亲能听见。